Kitzbühel Ice

Edwin Haberfellner wurde 1957 im oberösterreichischen Steyr geboren. Nach langjähriger Tätigkeit im Krankenhaus und einem Jura- und Datentechnikstudium ist er heute Beamter und Autor.

Dieses Buch ist ein Roman. Handlungen und Personen sind frei erfunden. Ähnlichkeiten mit lebenden oder toten Personen sind nicht gewollt und rein zufällig.

EDWIN HABERFELLNER

Kitzbühel Ice

KRIMINALROMAN

emons:

Bibliografische Information der Deutschen Nationalbibliothek
Die Deutsche Nationalbibliothek verzeichnet diese Publikation in der Deutschen Nationalbibliografie; detaillierte bibliografische Daten sind im Internet über http://dnb.d-nb.de abrufbar.

MIX
Papier aus verantwortungsvollen Quellen
FSC
www.fsc.org
FSC® C083411

Umschlagmotiv: photocase.com/PilzFotografie
Umschlaggestaltung: Tobias Doetsch
Gestaltung Innenteil: César Satz & Grafik GmbH, Köln
Lektorat: Susanne Bartel
Druck und Bindung: CPI – Clausen & Bosse, Leck
Printed in Germany 2015
ISBN 978-3-95451-552-3
Originalausgabe

Prolog

Durch einen Schleier aus Blut und Tränen nahm er die Kuckucksuhr wahr. Das Ding, das er schon lange nicht mehr aufzog und das dennoch auf geheimnisvolle Weise mitten in der Nacht zu ticken begann und manchmal sogar seinen Bewohner mit einem grässlichen Kreischen vor das Türchen schickte. Ich bin also immer noch in meiner Wohnung, dachte er. Nicht mehr in meinem Zimmer zu Hause, sondern in der gemieteten Bleibe in Kitzbühel. Dem Himmel sei Dank! Die Jahre bei seinen Eltern hätten für mindestens zwei verpatzte Kindheiten gereicht.

Sein Blick wurde klarer. Überall im Raum lagen seine Sachen verstreut. Der Boden war mit Scherben übersät, die Laden der Anrichte waren herausgerissen worden, der Kleiderschrank durchwühlt. Jeder Knochen in seinem Körper schmerzte. Sein Gehirn unternahm den zaghaften Versuch, Ordnung in die sich überlagernden Schichten von Traum und Wirklichkeit zu bringen. Er wollte aufstehen, aber die Tatsache, dass seine Arme und Beine mit Kabelbindern an den Stuhl fixiert waren, hinderte ihn daran. Es dauerte einige Sekunden, bis er begriff, dass er gefesselt war. Mit wild hämmerndem Herzen und schmerzvoll pochenden Schläfen zerrte er an seinen Fesseln. So heftig warf er sich hin und her, dass er beinahe das Gleichgewicht verlor. Gerade noch konnte er verhindern, mitsamt seinem Stuhl rücklings umzustürzen. Er rief sich zur Ruhe. Übereiltes Handeln brachte doch nichts. Nach ein paar tiefen Atemzügen wurden die Gedanken in seinem Kopf klarer. Was war geschehen? Erinnerungsfetzen tauchten auf. Es hatte an der Tür geklopft, und als er aufgemacht hatte, war da eine grüne Lodenjacke gewesen.

Wie hatte der Mann ausgesehen? Das Bild vor seinem geistigen Auge war verschwommen. Es war alles viel zu schnell gegangen. Er sah zwei Riesenfäuste auf sich zukommen, fühlte den Schlag in seinem Gesicht, als würde er ihn in diesem Moment treffen. Der Mann hatte immer und immer wieder auf ihn eingedroschen, bis er endlich bewusstlos geworden war. So gut es mit seinen geschwollenen Augen ging, betrachtete er seine Fesseln und kam zu dem Schluss, dass er ohne fremde Hilfe vermutlich noch am Sankt-Nimmerleins-Tag hier sitzen würde. Er drehte den Kopf so weit wie möglich zur Seite, atmete auf. Die Destillieranlage und die Kolbenflaschen standen unversehrt an ihrem Platz. Seine Kochutensilien hatten den Kerl, der ihn so zugerichtet hatte, nicht gekümmert. Jeder andere in seiner Lage hätte sich jetzt ganz sicher die Seele aus dem Leib gebrüllt, damit endlich Hilfe kam, damit man ihn endlich vom Stuhl losschnitt und eine Ambulanz holte, um ihn, das bedauernswerte Opfer, zu versorgen. Aber würde er das tun, wäre er erst recht geliefert. Während er überlegte, wie er an die Schublade mit den Küchenmessern herankäme, vernahm er ein leises Zischen. Nein, er vernahm es nicht, er begriff es. Es war die ganze Zeit schon da gewesen, aber er hatte es nicht zuordnen können. Außerdem stank es nach faulen Eiern. Tetrahydrothiophen, schoss es ihm durch den Kopf. Das Zeug, das sie dem Stadtgas beimischten, um Lecks orten zu können. Das Zischen kam vom Herd. Der Kerl hatte ihn also nicht nur zusammengeschlagen, er wollte ihn auch umbringen! Deshalb hatte er das Gas aufgedreht. Er mahnte sich zur Ruhe, als die Angst ihm die Kehle zuzuschnüren begann. Er musste keine Angst haben. So ein dummer Hund, dachte er, die Kubatur des Raumes ist viel zu groß, um den Sauerstoff zu verdrängen. Keine Ahnung von Physik. Bestenfalls würde er sich die Seele aus dem Leib kotzen und ein paar Tage high sein, aber ersticken würde er nicht. Zudem waren die Fenster so undicht, dass der Wind durch die Ritzen pfiff.

Dann aber fiel sein Blick auf die schirmlose Stehlampe neben dem Ofen, auf die abgeschlagene Energiesparbirne und das Kabel, das zu einer Zeitschaltuhr führte. Er besaß keine Zeitschaltuhr. Der Kerl musste sie mitgebracht haben. Seine Augen weiteten sich vor Angst. Er musste diese Teufelsmaschine erreichen, bevor sie sich einschaltete, der Strom durch das Kabel floss und die Stehlampe erreichte. Ein kleiner Funken genügte, und alles würde in die Luft fliegen, und er mit. Er hakte einen Fuß um das Vorderbein des Stuhles, während er sich mit dem anderen am Boden abstützte und nach vorn ruckelte. Es funktionierte. Zentimeter für Zentimeter bewegte er sich auf die Steckdose mit der Zeitschaltuhr zu. Wenn er sie erreicht hätte, würde er sich mitsamt dem Stuhl umfallen lassen und versuchen, den Stecker zu ziehen. Sie einfach herauszuschlagen wäre viel zu gefährlich, denn dann würden ebenfalls Funken entstehen, und er wäre geliefert.

Als er auf gut einen Meter an die Zeitschaltuhr herangeruckelt war, machte er drei gezielte Hüpfer, um sich in die richtige Position zu bringen. Er wusste nicht, wie lange er bewusstlos gewesen war, aber dem bestialischen Gestank nach war die Konzentration des Gases in der Luft bereits ziemlich hoch. Immer weiter arbeitete er sich vor, der Schweiß brannte bereits wie Feuer in den Wunden seiner aufgeplatzten Augenbrauen. Plötzlich klopfte es an der Tür, und draußen auf dem Gang wurde sein Name gerufen. Es war die Stimme der Alten aus der Wohnung unter ihm. Wahrscheinlich hatte sie der Lärm des Stuhlrückens aufgescheucht. Trotz ihres Alters hatte seine Untermieterin noch gute Ohren, zu gute. Schon ein paarmal war sie bei ihm aufgetaucht und hatte sich schimpfend über zu laute Musik beschwert. Er hielt den Atem an, rührte sich nicht. Wenn er nicht reagierte, würde sie bestimmt wieder verschwinden. Doch stattdessen wurde das Klopfen lauter. Sie würde doch nicht …? Sein angstvoller Blick fiel auf die altmodische Klingel an der Mauer. Das Ding funktionierte noch mit Wechselstrom. Er starrte den silbernen Schwengel an, der über der Schelle schwebte, und betete, dass sich die Alte wieder verziehen würde.

Tatsächlich wurde es draußen auf dem Gang wieder ruhig. Angespannt lauschte er in die Stille, dann, ein paar Momente später, erklang ein heiseres Läuten. Er öffnete den Mund, um zu schreien, aber die Hitze versengte seinen Atem. Eine gleißende Feuerwalze raste mit einer Geschwindigkeit von zwanzig Metern pro Sekunde durch den Raum und verschlang alles, was sich ihr in den Weg stellte.

1

Jakob kniete auf der Sitzbank und schob sein Spielzeugauto, einen grün-weißen VW, über die Lehne bis zum Zugfenster. »Brrrrrrumm, brrrrrrumm, tatütata, tatütata!«

»Jakob, bitte! Mami bekommt Kopfschmerzen.« Die blonde Frau Mitte zwanzig wirkte genervt. Erst vor ein paar Minuten hatte sie die zwei großen Koffer auf die Gepäckablage gehievt, immer mit einem Auge auf Jakob, aus Angst, dass er auf den Gang hinauslaufen könnte. Sie zog die Vorhänge des Viererabteils halb zu und stellte den Beutel mit Reiseproviant auf die Sitzbank gegenüber. So hoffte sie, Mitreisende davon abzuhalten, sich zu ihnen ins Abteil zu setzen. Noch gut fünf Minuten, dann würde der Zug anfahren, und sie würden Innsbruck endlich verlassen. Die drei Tage bei ihrer Schwiegermutter waren anstrengend gewesen. Alles in allem eine Schnapsidee, zu ihr zu fahren, während ihr Mann auf Geschäftsreise war. Nie wieder, schwor sie sich, nie wieder würde sie die verhärmte Frau mit Jakob allein besuchen – und schon gar nicht für so lange. Nach drei Tagen voller Belehrungen und guter Ratschläge hatte sie jetzt wahrlich keine Lust mehr auf eine Unterhaltung. Sie wollte nur noch ihre Ruhe haben. »Jetzt setz dich endlich ordentlich hin, Jakob!«

Der Junge kniete auf dem Boden und kurvte mit seinem Spielzeugauto zwischen Papierschnipseln und Krümeln herum.

Sie zog ihn am Oberarm auf die Sitzbank zurück und strich ihm die Haare aus der Stirn. »Gleich fahren wir ab. Schau mal, ob Oma auf dem Bahnsteig steht.«

Ein langer Pfiff ertönte, und der Zug setzte sich mit einem Ruck in Bewegung. Sie schob den Vorhang zum Gang ein Stück zur Seite und spähte hinaus. Draußen war niemand. Die Chancen, dass sie das Abteil für sich allein haben würden, standen also gut. Sie atmete auf, holte die Zeitschrift, die sie sich vorhin noch schnell am Kiosk gekauft hatte, aus ihrer Handtasche und begann damit, sie durchzublättern.

»Ist hier noch frei?«

Widerwillig schaute sie auf. Ein großer dunkelhäutiger Mann in rot-weiß kariertem Hemd und Wanderhose stand in der Schiebetür und bleckte lächelnd seine perlweißen Zähne. Sie nickte, räumte wortlos Jausenbeutel und Handtasche zur Seite und warf Jakob einen prüfenden Blick zu. Doch ihr Sohn saß artig und mit halb offenem Mund auf seinem Platz und schaute dem Mann gebannt dabei zu, wie er erst seinen überdimensionalen Rucksack und dann sich selbst ins Abteil zwängte.

Wenige Minuten später waren die schmucklosen Lagerhäuser regennassen Wäldern und Wiesen gewichen. Der Zug nahm Fahrt auf, draußen versteckte sich die Herbstsonne noch immer hinter dicken grauen Wolken.

Der Riese nickte Jakob freundlich zu. »Cooles Auto, das du da hast«, sagte er.

Der Knabe versteckte sich hinter dem Rücken seiner Mutter und klammerte sich an ihren Oberarm.

»Nicht«, wies sie ihn gereizt zurecht.

»Ich wollte den Kleinen nicht erschrecken, sorry«, sagte der Mann in fast akzentfreiem Deutsch.

»Es ist nicht Ihre Schuld.« Sie lächelte gequält, während sie versuchte, ihren Sohn hinter ihrem Rücken hervorzuziehen. »Er ist heute ein wenig überdreht. Eigentlich ist er immer so, wenn er still sitzen soll. Nicht wahr, Jakob?«

»Du heißt Jakob? Ein schöner Name.« Der Mann sprach den Namen Tschäkob aus. »Ich heiße Bruce, aber auch Caleb, das ist mein zweiter Vorname. So hieß nämlich mein Großvater. Wie alt bist du denn?«

Jakob drückte sich noch weiter hinter den Rücken seiner Mutter.

»Au, du tust mir weh!« Sie drehte sich zur Seite, griff ihm unter die Achseln und hob ihn auf seinen Platz zurück. »Du bleibst jetzt sitzen! – Er ist fünf und manchmal ganz schön anstrengend.«

»Ist es nicht gut, wenn Kinder lebhaft sind? Sind sie erst einmal erwachsen, müssen sie schließlich noch lang genug still sitzen.« Er lächelte nachsichtig, dann rückte er sich auf seinem Platz zurecht – die Kopfstütze des Sitzes schloss mit seinen muskulösen Schultern ab – und schloss die Augen.

Die junge Frau hatte nichts erwidert und vertiefte sich jetzt in ihre Zeitschrift. Erst nach einer Weile äugte sie neugierig zu ihrem Mitreisenden hinüber, dessen massiver Brustkorb sich ruhig hob und senkte. Er war bestimmt größer als zwei Meter, sein Bergsteiger-Outfit mutete ob seiner dunklen Hautfarbe und den kurz geschnittenen krausen Haaren ungewohnt an. An seinem Rucksack hingen ein Kletterseil und ein Eispickel mit gebogenem Stiel.

»Ich liebe die Berge«, sagte er unvermittelt, als hätte er ihren Blick gespürt, öffnete die Augen und schaute sie an. Sie zuckte ein wenig zusammen und errötete, als er sich zu ihr beugte und ihr seine Hand hinstreckte. »Bruce Coleman.«

»Christa Wenger.« Sie schlug ein. In seiner Pranke sah ihre Hand aus wie die einer Vierjährigen.

»Sehr erfreut. Ich verbringe meine Urlaube schon seit einigen Jahren beim Klettern, und dieses Jahr bin ich seit Langem wieder einmal in Europa. Gerade war ich für eine Woche in den Dolomiten. Eine wunderbare Gegend.« Seine Augen leuchteten. »Jetzt bin ich auf dem Weg nach Kitzbühel. Ich denke, das muss man mal mit eigenen Augen gesehen haben. Ich kenne es nur aus dem Fernsehen, von den Skirennen.«

Sie lächelte. »Ich wohne in Kitzbühel. Nun ja, ein wenig außerhalb. Bei uns ist aber auch im Sommer viel los. Darf ich fragen, wo Sie so gut Deutsch gelernt haben?«

»Oh, danke für das Kompliment. Ich hatte schon befürchtet, alles wieder vergessen zu haben. Aber was man als Kind gelernt hat, das vergisst man nicht mehr so leicht, so heißt es doch, oder? Mein Vater war Soldat bei der Army und am Chiemsee stationiert. Dort hat er auch meine Mutter kennengelernt. Sie war Deutsche, ist aber gestorben, als ich noch klein war.«

»Das tut mir leid.«

»Ist schon lange her. Später sind wir in die Staaten zurückgegangen. Jetzt wohne ich im Bundesstaat New York, da gibt es leider keine Berge. Man muss sich schon in den Flieger setzen, wenn man klettern möchte.«

»Ich war noch nie in Amerika. Ich habe Flugangst.«

»Aber Sie leben in einer wunderbaren Landschaft. Warum sollte man von hier wegwollen?«

»Da haben Sie natürlich recht«, sagte sie, aber es klang nicht sehr überzeugt.

Er nickte und schaute aus dem Fenster. Am Horizont flogen bewaldete Hügel vorbei, dahinter türmte sich der graue Fels der Berge auf. Ein Lächeln umspielte seine Lippen, als er fühlte, wie der kleine Polizeiwagen, begleitet von einem hellen »Tatütata!«, die Kuppe seines linken Bergschuhs hinauffuhr.

2

Jakob sprang aus dem Zug und lief freudestrahlend auf seinen Vater zu, während Bruce der jungen Mutter mit den Koffern half. Er winkte dem Kleinen zum Abschied, schulterte seinen Rucksack und ging dann durch die Unterführung zum Bahnhofsvorplatz. Dem Gebäude, das offenbar erst kürzlich renoviert worden war, hatte man einen blutroten Anstrich und einen modernen Glasanbau verpasst, in dem sich ein Restaurant befand. Kurz überlegte Bruce, ob er eine Kleinigkeit essen sollte – seit dem Frühstück hatte er nichts mehr zu sich genommen –, entschied sich jedoch dagegen. Erst mal würde er sich um eine Unterkunft kümmern.

Auf dem Parkplatz standen Taxis, allesamt Kleinbusse. Verständlich, denn vermutlich reisen die Touristen in der Wintersaison nicht nur mit Koffern, sondern auch mit ihrer Skiausrüstung an, dachte Bruce. Bei einem der Fahrer erkundigte er sich nach der Zimmervermittlung. Der Mann bot ihm sofort an, ihn in den Ort zu fahren, zuckte mit den Schultern, als Bruce dankend ablehnte und sagte, er wolle lieber zu Fuß gehen und ein wenig die frische Luft genießen. Es seien ohnehin nur zehn Gehminuten ins Zentrum, meinte der Taxler dann kurz angebunden, die Fahrt hätte sich sowieso nicht gelohnt. »Du musst da rüber, immer am Bach entlang, dann ist die Touristinfo gar nicht zu verfehlen.«

Aber Bruce hörte ihm schon nicht mehr zu. Der Regen hatte aufgehört. Ein warmer Wind trieb die Wolken vor sich her und öffnete den Blick auf die Gipfel des Kaisergebirges. Endlich, dachte Bruce. Bislang hatte er den Gebirgszug nur auf Fotos und in Filmen gesehen, doch nun stand er direkt davor. Mit einem seligen Lächeln im Gesicht stapfte er los. Erst die Schienen entlang, dann vorbei an einem Gebäude, das wie eine riesige Seilbahnstation aussah, sich aber bei näherer Betrachtung als die Niederlassung einer Bank herausstellte.

Über den Grashügeln kreisten Paraglider wie Raubvögel, die nach Beute Ausschau hielten, und hinter einer grünen Wand aus Büschen rauschte vernehmlich ein Bach. Bruce wanderte an Häusern mit mächtigen Holzbalkonen und dann an einer modernen Ferienanlage vorbei und erreichte schließlich eine Straßenkreuzung mit einer Tafel, die die Richtungen zu einigen Hotels, einem Museum und der Seilbahn zum Kitzbüheler Horn wies. Doch dafür hatte er auch später noch Zeit. An einer roten Ampel nutzte Bruce die Gelegenheit und fragte einen Radfahrer noch einmal nach dem Weg.

Der Mann deutete nach rechts. »Wennscht da rübergehst, kummscht du ins Zentrum.«

Bruce überquerte die Straße, registrierte das Schild mit der Aufschrift »Polizei« und lächelte. Zum Glück hatte er noch zwei Wochen Urlaub. Die Häuser waren in Pastellfarben gestrichen, hatten Blechdächer und waren allesamt fein herausgeputzt. Es schien, als wären erst gestern die Bauarbeiter abgezogen. Apartmenthäuser, Modeläden und Immobilienbüros säumten die Straße. An einer schmalen Durchfahrt hatte man einen gläsernen Aufzug errichtet, der in den oberen Teil des Ortes hinaufführte. Bruce entschied sich für die Treppe und gelangte so endlich in den Stadtkern. An den Fassaden der Geschäfte waren die Namen von Firmen zu lesen, die man sonst nur auf internationalen Flughäfen sah. Eine steinerne Gämse stand breitbeinig auf einem der Kamine des Hotels »Weißes Rössl«. Wie es schien, war sie ganz zufrieden mit ihrem Aussichtsplatz: Unter ihr zog sich der Touristenstrom durch den kulissenhaften Ort, während Autos mit vornehmlich deutschen Kennzeichen hinter und neben den Fußgängern durch die schmalen Straßen krochen.

Bruce schloss sich dem Menschenstrom an und ließ sich in die Vorderstadt treiben. An der Katharinenkirche, einem Gebäude aus dem 14. Jahrhundert, wie er der Tafel neben dem Eingangstor entnahm, blieb er stehen und hielt Ausschau nach der Touristinfo. Dort wollte er sich einen Stadtplan und Karten von der Umgebung besorgen und sich ein Zimmer organisieren, aber bis dahin würde er sich wohl oder übel durchfragen müssen. Die Parkbänke und Gastgärten an der Straße waren voll besetzt, vermutlich alles Touristen – so wie er. Bruce wählte eine Frau mittleren Alters, die ihm mit ihrer Einkaufstasche am Arm entgegenkam, und ging auf sie zu. »Entschuldigen Sie bitte, ich suche die …« Weiter kam er nicht.

Der Boden unter seinen Füßen erzitterte, und ein Donner, tief und hohl, ließ sein Trommelfell beinahe platzen. Er riss den Kopf herum. Ein Sturm heißer Luft fegte zwischen der Katharinenkirche und den Häusern hindurch und brandete auf die Schaufenster der anderen Straßenseite zu, die augenblicklich zerbarsten. Die Druckwelle presste ihm die Luft aus den Lungen und schleuderte ihn zu Boden. Bruce landete auf dem Bauch, sein Rucksack rutschte auf seinem Rücken hin und her, Steine prasselten auf ihn hinab. Schützend riss er sich die Hände vors Gesicht, während um ihn herum Menschen schrien. Plötzlich lösten sich wie in einem Traumbild aus dem Nebel aus Staub und den herumfliegenden Trümmern zwei Pferde, die eine führerlose Ausflugskutsche hinter sich herzogen, und galoppierten an ihm vorbei. Dann spürte Bruce einen harten Schlag im Rücken und verlor das Bewusstsein.

3

In Schönbergmoos herrschte moderate Aufbruchstimmung. Während Schröck im Schlafzimmer seinen Koffer packte, schrubbte Liba den Küchenboden. Nur einmal warf sie einen Blick ins Schlafzimmer und verzog missbilligend das Gesicht, weil Schröck die Bettdecke zurückgeschlagen und seinen alten Koffer auf die Matratze gestellt hatte. Er tat so, als bemerke er sie nicht, und setzte stattdessen selbst einen genervten Blick auf, der seiner Haushälterin signalisieren sollte, dass es für sie jetzt besser war, ihn in Ruhe zu lassen. Es wirkte. Liba verkniff sich die Zurechtweisung, die ihr schon auf der Zunge gelegen hatte.

Das Licht des späten Sonntagvormittags war nicht besonders günstig, um in den Tiefen des alten Schranks nach irgendwelchen Sachen zu suchen, die er vielleicht auf seiner Reise benötigte. Schröck hatte keine Ahnung, wie lang sein Aufenthalt diesmal dauern würde, aber schließlich gab es ja Wäschereien. Er warf einen Stapel Hemden und T-Shirts in den Koffer und stopfte den verbliebenen Platz mit Unterhosen und Socken aus, bevor er ins Badezimmer ging. Früher war das die Kammer gewesen, in der seine Schwester und er geschlafen hatten, wenn sie den Sommer bei den Großeltern verbrachten. Später hatte seine Schwester, die bereits verstorben war, das alte Haus übernommen und liebevoll renoviert.

Schröck verspürte keine Lust wegzufahren. Silvia hatte ihn am Freitag angerufen und daran erinnert, dass sie ihn am Wochenende nicht besuchen käme, weil sie gleich darauf zu ihrer lang geplanten Wanderwoche aufbrechen würde. Es war so abgemacht gewesen, und er hatte nichts dagegen. Wandern war ohnehin nicht so sein Ding, also war Silvia schon des Öfteren mit zwei Kolleginnen aus dem Institut übers Wochenende in den Bergen gewesen. Aber als sie ihm am Telefon übertrieben fröhlich erklärt hatte, dass diesmal auch ein alter Studienkollege mit von der Partie sein würde, war Schröcks Stimmung doch in den Keller gesunken. Er schaute aus dem Fenster. Die Äste der Obstbäume im Garten bogen sich im Wind, dicke Regenwolken zogen über den Himmel. Kein ideales Wanderwetter. Dann verwarf er den Gedanken an die gemütlichen Hüttenabende und an die Bettenlager, in denen die Gruppe übernachten würde, nahm seinen Kulturbeutel und ging ins Arbeitszimmer. Das Radio in der Küche plärrte Volksmusik, und Liba sang aus voller Kehle mit. Schröck schloss die Tür, setzte sich an seinen Schreibtisch und holte den Umschlag, den ihm Klaus Heinrich geschickt hatte, aus der Lade hervor. Diesmal sei richtige Polizeiarbeit gefragt, so wie sie sie auf der Schule gelernt hätten, hatte er in dem Telefonat gestern noch gesagt. Es sei zwar normalerweise nicht Sache des Bundesnachrichtendienstes, einen Unglücksfall zu untersuchen, aber die Umstände machten es nötig, und nach Ansicht seiner Vorgesetzten sei Schröck der richtige Mann dafür.

Was die richtige Ermittlungsarbeit betraf, stimmte Schröck seinem alten Polizeischulkollegen Heinrich zu, der ihn auch für den BND angeworben hatte. Offiziell war Schröck noch immer Hauptkommissar bei der Münchner Polizei, zwar krankgeschrieben wegen depressiver Verstimmung – Burn-out –, inoffiziell arbeitete er jedoch für den Nachrichtendienst. Was er aber ermitteln sollte, wenn bereits feststand, dass es sich bei dem Fall um ein Unglück handelte, war ihm ein Rätsel. Jedenfalls noch so lange, bis ihm Heinrich, der auch sein Verbindungsoffizier war, hoffentlich die näheren Umstände erklären würde. Schröck zog ein Foto und ein einseitiges Dokument aus dem Umschlag, drehte ihn um und schüttelte ihn, aber das war alles. Er nahm das Foto zur Hand. Das Bild zeigte einen jungen Mann Mitte zwanzig mit Sakko und Krawatte, der selbstbewusst in die Kamera lächelte. Schröck legte das Bild zur Seite und widmete sich dem Dokument. Der junge Mann auf dem Bild war Gustav Schulte, einunddreißig Jahre alt, ehemaliger Chemiestudent, Sohn von Angelika und Oliver Schulte, Letzterer bekanntlich Staatssekretär im Innenministerium. Außer einem allgemein gehaltenen Lebenslauf, dem

Schröck entnahm, dass der Tote die meiste Zeit seines kurzen Lebens im Internat verbracht und sein Studium kurz vor dem Abschluss abgebrochen hatte, war dem Papier nichts weiter zu entnehmen. Als letzter bekannter Aufenthaltsort war Kitzbühel angegeben, wo Gustav Schulte, der von seinen Freunden Justin genannt wurde, auch ums Leben gekommen war. »Die Sache ist ausgesprochen heikel«, hatte Heinrich am Telefon gesagt.

Was Schultes Beziehung zu den eigenen Eltern betraf, schloss Schröck, stimmte das wohl, wenn man bedachte, dass sein Vater anscheinend nicht einmal ein aktuelles Bild von seinem Sohn besaß.

»Die da oben wollen keinen Skandal«, hatte Heinrich gesagt. Würde sich herausstellen, dass der junge Mann Selbstmord begangen hatte, würde das ein schlechtes Licht auf dessen Vater werfen und letztlich auch auf das Ansehen des Amtes und der Partei. Bis jetzt sei noch nichts an die Presse durchgesickert, und so solle es bitte auch bleiben. Die österreichische Polizei, so Heinrich, habe nur veröffentlicht, dass eine verheerende Gasexplosion im Zentrum von Kitzbühel ein Todesopfer gefordert hatte.

»Sieh dich da mal um«, hatte er zu Schröck gesagt. »Die Österreicher haben uns volle Kooperation zugesagt. Eine Liste von Augenzeugen, die sich unmittelbar vor und während der Explosion in der Nähe des Unglücksortes aufgehalten haben, schicke ich dir noch per E-Mail. Du wirst eine Menge Landsleute antreffen, bestimmt auch einige bekannte Gesichter aus München.«

»Tatsächlich?«, hatte sich Schröck verwundert gezeigt.

»Als weltberühmter österreichischer Weltcup-Ort ist Kitz fest in deutscher Hand. Man spricht von ihm schon als dem wichtigsten Vorort von München. Ja, mein Lieber, so ist das. Wenn die Deutschen erst einmal ein schönes Fleckchen Erde entdeckt haben, kennen sie meist kein Halten mehr. Wusstest du nicht, dass auf die etwa achttausend Einwohner über tausend Zweithausbesitzer kommen?«

»Wusste ich nicht.«

»Wie auch immer, du wirst also in guter Gesellschaft sein. Auch deshalb ist Fingerspitzengefühl gefragt. Bei einem Quadratmeterpreis von mehreren tausend Euro für eine Villa kannst du darauf wetten, dass diese Leute beste Beziehungen nach oben haben«, hatte Heinrich gesagt.

Schröck hatte als Erwiderung etwas Unverständliches gemurmelt, und Heinrich hatte ihm noch geraten, bloß nicht am Freitag aufzubrechen, weil die Straßen, wenn sich der Strom der Wochenend-Kitzbüheler aus der bayerischen Hauptstadt ins idyllische Tirol wälzte, heillos überfüllt seien.

Schröck faltete die spärlichen Unterlagen zusammen und stopfte sie zusammen mit der Reservierungsbestätigung seines Hotels in seinen Koffer. Es war ihm egal, dass Freitag war.

4

Schröck verstaute sein Gepäck im Auto und lief durch den strömenden Regen ins Haus zurück. Als er in die Wohnküche zurückkam, musterte Libuša argwöhnisch seine nassen Schuhe. Sie war eine Perle, aber manchmal auch ein wenig anstrengend. Schröck verdrehte die Augen. Die fast siebzigjährige Frau, die ihrem verstorbenen Josef als junges Mädchen aus der ehemaligen Tschechoslowakei nach Schönbergmoos gefolgt war und noch Schröcks Großeltern gekannt hatte, hatte es sich zur Aufgabe gemacht, sich um ihn zu kümmern. Kurz nachdem er das Haus übernommen und nach seinem Dafürhalten umgestaltet hatte, hatte sie ihn eines Tages angesprochen und sich ihm als Haushälterin angeboten. Seither verwöhnte sie ihn mit köstlichen Gerichten aus ihrer böhmischen Heimat und kümmerte sich um Haus und Garten. Außerdem achtete sie mit Argusaugen darauf, dass Schröck das Fräulein Silvia, wie sie seine Freundin nannte, gut behandelte, und war nie um Ratschläge verlegen, die sie mit den ihr eigenen Sprüchlein untermauerte.

»*No*, heute sehen Sie mir aber nicht gerade glücklich aus, Herr Hauptkommissar«, sagte Liba jetzt.

»So ein Sauwetter!«, schimpfte Schröck und schüttelte das Wasser von seiner Jacke.

Liba machte ein listiges Gesicht. »So ist es halt, wenn es Herbst wird. Aber sonst ist alles in Ordnung?«

»Natürlich. Also, ich fahre dann. Ist Kater versorgt?«, fragte Schröck.

»Jaja, natürlich. Aber Ihnen ist eine Laus über die Leber gelaufen, das sehe ich doch. Hat es vielleicht etwas mit Fräulein Silvia zu tun?« Der gleichmütige Ton in ihrer Stimme war verschwunden.

»Der geht es gut, glaube ich wenigstens. Sie ist mit zwei Freundinnen und einem Freund wandern. Wahrscheinlich werden sie gerade etwas nass«, sagte Schröck nicht ohne Schadenfreude.

Liba wiegte den Kopf. »Sie sind in letzter Zeit viel unterwegs, Herr Hauptkommissar. Ob Ihre lange Abwesenheit dem Fräulein Silvia immer so passt? Wie lang werden Sie denn diesmal weg sein?«

»Keine Ahnung, aber ich melde mich. Und wegen Silvia mache ich mir überhaupt keine Gedanken. Wir sind doch keine Teenager mehr, die Tag und Nacht aufeinanderhocken wollen«, sagte Schröck, klang aber nicht besonders überzeugt.

5

»Schulte ist abgetreten.«

»Ja, und das ziemlich spektakulär, wie man so hört. Ich vermisse wirklich die Eleganz der alten Tage«, sagte der gepflegte Mann im Maßanzug und legte seine Hände zu einem Spitzdach aneinander.

Sein Besucher hing lässig in seinem schweren Lederfauteuil und musterte sein Gegenüber. »Die Zeitungen schreiben, dass es ein Unfall war. So wollten Sie es doch«, sagte er mit einem süffisanten Lächeln und zog ein Päckchen Zigaretten aus der Jacke.

»Ich würde es begrüßen, wenn Sie hier nicht rauchten. Außerdem sehe ich keinen Anlass zur Euphorie. Wie ich erfahren musste, denkt der Vater des jungen Mannes nicht daran, die Ermittlungen den hiesigen Behörden zu überlassen.« Er lehnte sich zurück, und seine Backenmuskeln zuckten. »Wenn mitten in Kitz ein Haus in die Luft fliegt, schlägt das natürlich Wellen. An so ein Szenario habe ich beileibe nicht gedacht, als ich Sie bat, einen Unfall zu arrangieren.«

Das herablassende Lächeln des Besuchers verblasste. »Ach, und dass die ganze Scheiße, die der Knabe in seiner Bude aufbewahrt hat, jetzt Staub und Asche ist, das zählt nicht?«

»Unter normalen Umständen vielleicht schon, aber ich habe erfahren, dass der deutsche Bundesnachrichtendienst einen Mann schicken will, der Untersuchungen anstellen soll.«

»Der Nachrichtendienst? Was hat der denn damit zu tun?«

»Wie ich schon sagte, die Konstellation ist ziemlich unglücklich. Sie wissen ja, wessen Sohn der junge Mann war. Und wenn ein Staatssekretär persönlich betroffen ist, arbeiten die ziemlich gründlich. Aber es gibt gottlob auch Kräfte, die keineswegs an einer Eskalation interessiert sind. Ich kann nur hoffen, dass sich alles zum Guten wendet, nicht zuletzt für Sie.«

»Wenn Sie mich also nicht mehr brauchen, werde ich jetzt

verschwinden«, sagte der Besucher. »Ich kann mich doch darauf verlassen …?«

»Das Geld ist bereits überwiesen. Aber halten Sie sich zu meiner Verfügung. Es kann passieren, dass ich Sie in nächster Zeit noch ein paarmal benötigen werde. Gerade dann, wenn sich einige Personen uneinsichtig zeigen. Aber jetzt können Sie fürs Erste gehen. Ich denke, Sie finden allein hinaus.«

Der Besucher erhob sich. Als sein Gegenüber keine Anstalten machte, ihm zum Abschied die Hand zu reichen, nickte er ihm kurz zu und verließ mit schweren Schritten den Raum.

6

Der Himmel hatte seine Schleusen noch immer geöffnet, und der Scheibenwischer des 1998er VW Passat bemühte sich redlich, der Wassermassen Herr zu werden. Zweimal schon hatte Schröck den elektrisierenden Geschmack von Eisenspänen im Mund verspürt, als die Lenkung des Wagens plötzlich nicht mehr gegriffen hatte, und war fluchend auf die Kupplung gestiegen. Jetzt zuckelte er mit achtzig Sachen auf der rechten Autobahnspur dahin. Bei dem Tempo würde er statt der geplanten zwei Stunden drei brauchen und erst später am Abend in Kitzbühel eintreffen. Er schaltete das Autoradio ein, und sofort erhob sich das erbärmliche Gejammer eines jungen deutschen Sängers, der zurzeit offenbar hoch im Kurs stand. Schröck drückte den Knopf für einen anderen Sender und atmete auf. Glockenhell erklang ein typisches Angus-Young-Solo aus den Lautsprechern. Noch bevor Phil Rudd damit beginnen konnte, seine Drums zu bearbeiten, hatte Schröck bereits die Lautstärke so hoch gedreht, dass der prasselnde Regen nur mehr ein zartes Rauschen war. Als Schröck dann im Rhythmus »Thunder!« brüllte, war es ihm bereits völlig egal, ob ein vorbeiziehender Lastwagen zum wiederholten Mal seine Autoscheibe mit Wasser überflutete und ihm die Sicht nahm.

»Said yeah, it's alright. We're doing fine. Yeah, it's alright. We're doing fine. Yeah, yeah, yeah, thunderstruck, thunderstruck, thunderstruck.«

Plötzlich mischte sich eine Melodie in das Solo und erzeugte eine Dissonanz. Ärgerlich verzog Schröck das Gesicht. Es war der Klingelton seines Handys. Er schaltete das Radio aus und nahm das Gespräch an. »Ja?«, brüllte er ärgerlich ins Telefon, sodass sich der Anrufer vergewissern wollte, dass er sich nicht verwählt hatte. »Ja, Michael Schröck hier«, meldete er sich also noch einmal mit vollem Namen.

»Herr Schröck, ich weiß, dass Sie in einer – wie soll ich sagen? – delikaten Sache auf dem Weg nach Kitzbühel sind.«

»Wer spricht da?«, fragte Schröck misstrauisch und immer noch ein wenig verstimmt, weil ihm der Anrufer sein Abschlusssolo verdorben hatte.

»Das tut im Moment nichts zur Sache. Nur so viel: Ich bin darüber informiert, dass Sie im Auftrag des Dienstes auf dem Weg nach Kitzbühel sind, um sich wegen des Unfalls des jungen Herrn Schulte umzuhören.«

Der Mann sagte »des Dienstes« und sprach eindeutig bayrisch gefärbtes Hochdeutsch mit einem Anflug von dieser unerquicklichen Selbstgefälligkeit, die Schröck so zuwider war. Ein Insider also. »Ach, ist das so?«, fragte Schröck reserviert.

»Herr Hauptkommissar, wir sind quasi in derselben Firma tätig, also können wir uns das Herumgerede sparen. Wenn Sie mir allerdings nicht glauben ... Ihr Verbindungsoffizier, Herr Heinrich, den Sie schon seit der Zeit Ihrer gemeinsamen Ausbildung bei der Polizei kennen, hat Sie rekrutiert und mit einigem Geschick die krankheitsbedingte Absenz von Ihrer Dienststelle in die Wege geleitet. Seither arbeiten Sie für den BND. Und mit einigem Erfolg, wie ich sagen muss. Wir beobachten Ihre Aktivitäten sehr wohlwollend.«

»Und wer ist *wir*?«, fragte Schröck gelangweilt.

»Wie ich schon sagte, das tut nichts zur Sache. Ich habe den Auftrag, Sie zu bitten, sich in dem aktuellen Fall auf Ihre Beobachterrolle zu beschränken. Wie wir wissen, geht die österreichische Polizei von einem Unglück aus. Vermutlich war die Zündsicherung des Herdes defekt, und –«

»Und dann ist die Flamme erloschen, keiner hat etwas bemerkt, der Raum hat sich mit Gas gefüllt, und als der Verstorbene den Lichtschalter betätigt oder eine Zigarette angezündet hat, ist alles in die Luft geflogen. Ein tragischer Unfall. Das glauben Sie doch wohl selbst nicht«, fiel Schröck ihm ins Wort.

»Doch, das tue ich. So wird es wohl gewesen sein«, sagte der Unbekannte.

»Wissen Sie, was ich glaube? Das ist absoluter Unsinn!«, rief

Schröck erbost. »Die Sache stinkt, und nicht nur die. Stadtgas riecht man schon in den kleinsten Mengen, warum also sollte jemand abwarten, bis der Raum voller Gas ist, dann die Luft anhalten und am helllichten Tag das Licht anknipsen? Soweit ich weiß, hat sich die Explosion am frühen Nachmittag ereignet. An einem frühen Nachmittag, an dem auch in Kitzbühel die Sonne schien. Es gibt wahrlich bessere Arten, sich das Leben zu nehmen.«

Aus dem Hörer drang ein unbehagliches Räuspern.

»Für mich klingt Ihre Version des Vorfalls ziemlich unwahrscheinlich. Ich werde also auftragsgemäß handeln und mir selbst ein Bild von der Sache machen«, sagte Schröck bestimmt.

»Tja, dann muss ich wohl deutlicher werden.« Die Stimme des Anrufers hatte einen bedrohlichen Unterton angenommen. »Wir wünschen nicht, dass Sie herumschnüffeln. Ist das klar, Schröck? Gehen Sie zur Polizei und reden Sie mit den Zeugen der Explosion. Meinetwegen besichtigen Sie auch das Haus – und passen Sie dabei auf, dass Ihnen nichts auf den Kopf fällt –, aber kommen Sie zu denselben Schlüssen wie unsere österreichischen Freunde: Es war ein bedauerlicher Unfall, nicht mehr. Ich warne Sie, Schröck. Dass Sie wieder in Ihrem muffigen Polizeibüro in München sitzen, ist das Mindeste, was Ihnen passieren kann, wenn Sie nicht auf mich hören.« Er machte eine Pause. »Wenn Sie hingegen kooperieren, könnte das für Ihre Karriere beim BND sehr hilfreich sein, in mehrerlei Hinsicht.«

Jetzt platzte Schröck der Kragen. »Sag mal, hast du sie noch alle? Ich weiß nicht, wer du bist, aber eines kann ich dir sagen: Wenn du glaubst, dass du mir drohen kannst und ich dann den Schwanz einziehe, bist du an den Falschen geraten. Jeden Stein werde ich umdrehen, und komm mir dabei bloß nicht in die Quere. Es könnte nämlich sein, dass ich dir einen davon zufällig auf den Kopf fallen lasse!«

Während sich Schröck das Handy vom Ohr riss und den Aus-Knopf drückte, hörte er den Anrufer noch ein paarmal seinen Namen rufen. Eigentlich hatte er das Telefon in hohem Bogen auf die Rückbank werfen wollen, besann sich dann jedoch eines Besseren und suchte im Kontaktverzeichnis Heinrichs Nummer.

»Scheiß Mobilbox!« Heinrich war natürlich wieder einmal nicht zu erreichen. »Klaus, ruf mich bitte dringend an. Irgend so ein Schnösel hat am Telefon damit gedroht, mich fertigzumachen, wenn ich nicht seiner Meinung bin, dass sich unser Politikersöhnchen versehentlich in die Luft gesprengt hat.« Schröck warf das Handy auf den Beifahrersitz, schaltete einen Gang herunter und gab Gas. Es schüttete nach wie vor wie aus Kübeln, doch das war ihm jetzt egal.

7

»Es tut mir ja so leid für dich, Lena.« Der alte Mann reichte dem Mädchen mit dem kastanienbraunen Haar die Hand. Nur kurz trafen sich ihre Blicke, dann wandte er sich verlegen ab und setzte seinen Hut wieder auf. »Ich muss jetzt heim. Sag deiner Großmutter einen schönen Gruß von mir.«

Lena nickte ihm zu und drehte sich wieder zur Kirchentür, wo die Altbäuerin stand und mit dem Pfarrer redete. Als würde sie den Blick ihrer Enkelin spüren, schaute sie zu ihr herüber und formte stumm mit den Lippen die Worte: »Ich komme gleich.«

Lena zuckte mit den Schultern, ging zur Westseite der Kirche und lehnte sich mit dem Rücken an die Wand. Ihre schwarze Mascara hatte der Regen, der seit Tagen unaufhörlich vom Himmel fiel, verflüssigt, sodass sich jetzt eine dunkelgraue Spur bis zu dem silbernen Ring zog, der in ihrer Lippe steckte. Sie atmete tief durch. Justin war tot. Die anderen sollten sie in Ruhe lassen, aber stattdessen behandelten sie sie wie ein waidwundes Tier. Es waren dieselben, die sich, als er noch gelebt hatte, das Maul darüber zerrissen hatten, dass eine Achtzehnjährige mit einem Mann herumzog, der schon über dreißig war. Einem Deutschen, der nicht arbeiten musste, weil ihm sein Vater das Geld in den Rachen stopfte. Alles Heuchler! Lena war sich sicher, dass auch ihre Eltern insgeheim heilfroh waren, dass der verzogene Bub von dem Geldigen, wie ihr Vater Justin genannt hatte, endlich fort war. Nur ihre Großeltern hatten echtes Mitgefühl gezeigt. Großmutter sowieso. Als sie von der Explosion und Justins Tod erfuhr, hatte sie Lena stumm in den Arm genommen und sie gewiegt wie damals, als sie noch ein kleines Mädchen gewesen war. Großvater hatte sich nie groß um Lenas Freunde gekümmert. Liebschaften waren nicht seine Sache. Dennoch hatte er immer Partei für sie und Justin ergriffen, wenn am Mittagstisch wieder einmal die Rede auf das leidige Thema gekommen war und sich Lenas Vater mit vor Zorn gerötetem Gesicht über ihren Aufzug und die Familie ihres sauberen Freundes beschwert hatte.

»Ganz so ist es aber auch nicht«, hatte der alte Reitler, wie man ihn nach dem Hausnamen des Bauernhofes nannte, gesagt. »Der alte Schulte war ein Ehrenmann. Er hat sich immer daran gehalten, was ausgemacht war.«

Justins Großvater, Meinrad Schulte, hatte nach dem Krieg mit Metall- und Stahlwaren gehandelt und seine Firma, die damals noch am Stadtrand von München lag, Zug um Zug zu einem ansehnlichen Betrieb ausgebaut. Nach seinem Tod hatte sein einziger Sohn die Firma aufgelöst und das Areal, das sich nunmehr fast zentral in der Stadt befand, mit nicht unbeträchtlicher Hilfe seiner Parteifreunde gewinnträchtig verkauft.

Meinrad Schulte war passionierter Jäger gewesen und hatte sich, wann immer es ihm seine Geschäfte erlaubten, nach Kitzbühel chauffieren lassen, um seiner Leidenschaft nachzugehen. Älter geworden und in der Hoffnung, dass sein Junior seine Nachfolge in der Firma antreten würde, war es sein Traum gewesen, in seinem Lieblingsort Kitzbühel einen Alterswohnsitz zu erwerben. Nachdem dies aber in den achtziger Jahren legal nicht möglich gewesen war, schlossen er und Lenas Großvater einen Pachtvertrag über neunundneunzig Jahre für das alte Auszugshäusl von Lenas Urgroßeltern ab. Indem sie festschrieben, dass die Miete im Voraus zu bezahlen sei, umgingen sie das Gesetz. Eine illegale, aber durchaus übliche Vorgehensweise zu dieser Zeit.

Alle waren damals zufrieden gewesen. Der Reitler konnte mit dem Geld endlich seinen Bauernhof renovieren, und Meinrad Schulte hatte die örtliche Wirtschaft mit Sanierungsaufträgen gefördert und das alte Haus bald darauf zu einem stattlichen Vorzeigeanwesen ausgebaut.

Meinrad Schultes Sohn war nur selten zu Gast bei seinem Vater gewesen. Seit der Weigerung des Juniors, in die Firma einzusteigen, war das Verhältnis der beiden nicht mehr das beste gewesen.

Justins Eltern waren in dessen Kindheit ziemlich beschäftigt gewesen. Seine Mutter kostete die gesellschaftliche Stellung aus, die sie durch die Heirat mit Justins Vater plötzlich innehatte, während dieser an seiner Karriere strickte. In den großen Schulferien, wenn das Internat dichtmachte, verbrachte Justin gerade mal eine Woche zu Hause in München, dann wurde er zu den Großeltern nach Kitz abgeschoben. Dort sei die Luft besser als in der Stadt, damit hatten seine Eltern den Aufenthalt in Österreich immer begründet. Sein und Lenas Großvater hatten den kleinen Gustav, wie er damals noch ausschließlich genannt worden war, oft mit auf die Pirsch genommen. Die alten Reitlers hatten ihn immer schon gemocht.

Selbst nachdem sein Großvater schon lange gestorben war, hatte Justin den alten Reitler noch manchmal besucht. Für ihn war Kitzbühel zu einer Art Ersatzheimat geworden.

Als er Student gewesen war, hatte er einen kleinen roten Sportwagen besessen. Lena war damals erst sechs oder sieben gewesen, aber wann immer er zu Besuch gewesen war, hatte er mit ihr auf dem Beifahrersitz und mit offenem Verdeck eine Runde durch den Ort gedreht.

Als Lena sich daran erinnerte, wie der Wind durch ihre Haare gepfiffen hatte und sie gemeinsam zur Musik aus dem Autoradio mitgesungen hatten, traten ihr die Tränen in die Augen. Schnell wischte sie sich mit dem Handrücken über das Gesicht.

»Komm jetzt, wir gehen heim«, sagte ihre Großmutter. »Da, nimm das, sonst verschmierst du noch dein Make-up.« Sie hielt ihr ein Stofftaschentuch hin.

»Danke, Oma.« Vorsichtig tupfte sie ihre Wange ab.

»Nicht so.« Die alte Frau nahm ihr das Tuch aus der Hand und fuhr ihr damit sanft übers Gesicht. Dann legte sie ihr den Arm um die Schultern und führte sie auf dem regennassen Kiesweg zurück. »Es wird alles wieder gut«, sagte sie liebevoll. »Irgendwie wird immer alles wieder gut.«

Lena zwang sich zu einem Lächeln. Ach, Oma, wenn du dich da nur nicht irrst, dachte sie. Diesmal stecke ich wirklich knietief in der Scheiße.

8

Bruce versuchte erst gar nicht, seine Augen zu öffnen. Schmerz durchflutete ihn. Er öffnete den Mund, um den dumpfen Geschmack loszuwerden, und hoffte inbrünstig, dass der Ochse, der ihm ins Kreuz getreten hatte, an seinem Mundgeruch elendig verrecken würde. Als er sich ein wenig zur Seite drehen wollte, stöhnte er sogleich auf. Seine linke Pobacke brannte wie Feuer. Oder hatte er alles geträumt und war beim Klettern abgestürzt?

»Bruce Caleb Coleman, mit deiner Kletterei wirst du dich noch umbringen. Welcher vernünftige Mensch begibt sich schon freiwillig in solch eine Gefahr?«, hörte er in Gedanken seinen Vater zetern. Langsam kam die Erinnerung zurück. Er war mit dem Zug gefahren, ein kleiner Junge hatte in seinem Abteil gesessen, aber all das war viel früher passiert. Dann das mächtige Kaisergebirge, die vielen Leute, die geschrien hatten, und der Knall. Bruce öffnete die Augen. Er lag in einem Bett – in einem Krankenhaus. Das war schon mal gut. Schlimmer wäre es gewesen, hätte er sich blutüberströmt in einem Straßengraben wiedergefunden. Über ihm baumelte ein Plastikbeutel, von dem ein durchsichtiger Schlauch zu seinem Arm führte. Die Nadel, die in seiner Vene steckte, spürte er nicht. Bruce versuchte, seine Finger zu bewegen, dann seine Zehen. Beides gelang ihm. Er spannte seine Brustmuskeln an, aber nur kurz, dann trieb ihm ein stechender Schmerz zwischen den Schulterblättern den Schweiß auf die Stirn. Noch bevor er seine Tests fortführen und den Versuch machen konnte, sich aufzusetzen, ging die Tür auf, und eine Pflegerin betrat mit einem Tablett in der Hand den Raum.

»Sehr gut, Sie sind wach«, sagte sie freundlich, zog ein Tischchen auf Rollen zu seinem Bett und stellte das Tablett darauf ab.

»Wo bin ich? Was ist los mit mir?«, fragte Bruce.

Die Frau sah ihn überrascht an, wurde bis zu den Haarwurzeln rot und wischte sich schnell verlegen ein paar Strähnen aus dem Gesicht. Als Bruce bemerkte, dass er Englisch gesprochen hatte, wiederholte er seine Fragen auf Deutsch.

»Gott sei Dank, Sie sprechen Deutsch. Und noch dazu so gut! Mein Englisch ist ein wenig eingerostet«, sagte sie und lächelte dabei. »Sie sind im Krankenhaus.«

»Wie lang war ich weg?«, fragte Bruce.

»Etwa acht Stunden. Sie hatten großes Glück.« Sie beugte sich über ihn und nahm die Fernsteuerung für die Zimmerglocke vom Board über dem Bett.

Bruce sog die Luft ein. Die Frau roch gut, nicht nach Desinfektionsmittel, sondern nach Deo und einem Hauch von Parfüm. »Mhhm«, machte er leise.

»Der Arzt wird gleich bei Ihnen sein«, sagte sie und wurde wieder rot. Sie wandte sich zur Tür, drehte sich aber noch einmal um. »Jetzt hab ich's ganz vergessen. Wenn Sie etwas essen wollen –«

»Vielen Dank, aber im Moment bin ich nicht hungrig.« Er ließ sich zurück ins Kissen fallen und schloss die Augen. Es stand also nicht so schlecht um ihn, wie er befürchtet hatte. Das war gut.

Zwei Tage später hatte sich Bruce so weit erholt, dass er bereits den Gang auf und ab humpeln konnte.

Vom behandelnden Arzt hatte er erfahren, dass man ihm einen großen Glassplitter aus dem linken Oberschenkel geholt hatte, nahe seinem Hintern. Das Ding, das nun in ein Plastiksäckchen eingetütet an seinem Krankenbett hing, war etwa zehn Zentimeter lang und nach außen gewölbt.

Aber das war noch nicht alles gewesen. Die Explosion hatte eine Eisenklammer von der Kirchenmauer gerissen, die ihm unweigerlich das Rückgrat gebrochen hätte, wäre der Aufprall nicht durch seinen Rucksack gedämpft worden. Er habe einen überaus aufmerksamen Schutzengel, hatte der Doktor gesagt.

Eine hübsche junge Polizistin war gekommen und hatte ihn zu den Minuten vor der Explosion befragt. Das Gespräch war ziemlich einseitig verlaufen, denn Bruce war noch immer dabei, die Puzzleteile in seinem Kopf zu ordnen und zusammenzusetzen, und konnte deshalb nicht viel erzählen. Der Schock und die mehrstündige Bewusstlosigkeit hatten große Teile seiner Erinnerung an das Unglück in Quarantäne geschickt.

Aus der Zeitung hatte er erfahren, dass es eine Gasexplosion gewesen war. Ein junger Mann hatte sich das Leben genommen und dabei seine Wohnung mitsamt dem halben oberen Stockwerk des Hauses in die Luft gejagt. *Shit happens*, dachte Bruce und starrte aus dem Fenster. Der Himmel war bewölkt, und die Bäume am Hang gegenüber wiegten sich im Wind. Es war zwar unschön, seinen Urlaub im Krankenhaus zu verbringen, aber er tröstete sich damit, dass das Wetter für Bergtouren ohnehin nicht geeignet war, und übte auf dem Krankenhausflur weiterhin zu gehen.

»Entschuldigen Sie«, hörte er plötzlich eine Stimme hinter sich, als er wieder auf dem Gang unterwegs war. »Herr Coleman?«

Bruce wandte sich um. Vor ihm stand ein etwa fünfzigjähriger schlanker Mann, der einen dunkelblauen Parka trug und ihn mit wachen Augen musterte.

»Sind Sie von der Polizei?«, fragte Bruce.

»Irgendwie schon«, sagte der Mann. »Macht es Ihnen etwas aus, wenn wir in Ihr Zimmer gehen?«

»Natürlich nicht.« Bruce nickte. »Kommen Sie mit.« Er kannte diesen Blick.

9

Schröck folgte Coleman, der ihn um einen Kopf überragte, auf sein Zimmer. Der Amerikaner bot ihm den einzigen Sessel im Raum an und setzte sich selbst vorsichtig auf den Rand des Bettes.

»Hat es Sie schlimm erwischt?«, fragte Schröck und deutete auf seinen Oberschenkel.

»Wie man's nimmt«, sagte Bruce und legte mit einem gequälten Lächeln die obere Reihe seines strahlenden Gebisses frei.

»Man hat mir gesagt, dass Sie wenige Sekunden vor der Explosion in der Nähe des besagten Hauses waren. Die Polizei hat mir eine Liste mit den entsprechenden Personen am Tatort überlassen, jetzt klappere ich alle ab, um sie zu befragen.«

»Tatort?«, wiederholte Bruce und schaute Schröck erstaunt an.

»Unglücksort«, verbesserte sich Schröck rasch. »Wie auch immer. Ist Ihnen etwas Ungewöhnliches aufgefallen?«

»Sind Sie von der Mordkommission?«

»Nein. Ehrlich gesagt bin ich nicht einmal von der österreichischen Polizei. Aber ich bin hier, um die Umstände des Todes des Explosionsopfers zu untersuchen. Würden Sie mir jetzt also erzählen, an was Sie sich vor der Explosion erinnern?«, fragte Schröck ungeduldig.

»Und wer hat Sie geschickt?«, blieb Bruce hartnäckig.

»Ich bin von keiner Zeitung«, beteuerte Schröck.

»Sondern?«

»Also gut.« Schröck atmete tief ein. Irgendetwas am Verhalten des Amerikaners sagte ihm, dass dieser nicht das erste Mal mit der Polizei zu tun hatte und ihm kein Sterbenswörtchen erzählen würde, wenn er nicht ehrlich zu ihm war. Da Schröck zudem das bestimmte Gefühl hatte, dass der Mann etwas wusste, was ihn weiterbringen würde, hatte er keine andere Wahl.

»Mein Name ist Michael Schröck, ich arbeite für den bundesdeutschen Nachrichtendienst, den BND.«

»Ich weiß, was der BND macht.« Coleman zog die Augenbrauen hoch. »Vom Nachrichtendienst also. Wow!« Dann wurde er ernst. »Sie gehen von einem terroristischen Anschlag aus?«

»Um Himmels willen, nein«, sagte Schröck. »Die Polizei glaubt, dass es sich um Selbstmord handelt.«

»Das habe ich in der Zeitung gelesen. Wer war der junge Mann?«

»Ein Niemand. Deutscher Staatsbürger, einunddreißig.«

»Ein Niemand also. Ein Niemand mit einem Haufen Feuerwerkskörper und Depressionen. Okay.« Bruce tippte sich an die Stirn. »Bei mir da oben herrscht noch immer weißes Rauschen. Ich glaube, ich kann Ihnen nicht weiterhelfen.« Er machte eine kurze Pause. Als er weitersprach, hatte seine Stimme deutlich an Lautstärke zugenommen. »Wollen Sie mich vielleicht verarschen? Glückliches Deutschland, wenn der BND sich jetzt schon die Zeit nimmt, um bei der Streifenpolizei auszuhelfen.«

»Es tut mir leid, ich kann dazu wirklich nichts sagen. Aber vielleicht ist Ihnen vor der Explosion irgendetwas aufgefallen?« Schröck gab nicht nach. »Jede Kleinigkeit kann hilfreich sein.«

Bruce zuckte mit den Schultern. »Wie gesagt: nur weißes Rauschen.«

Jetzt riss Schröck doch der Geduldsfaden, und er rückte seinen Sessel näher. »Hören Sie mir gut zu. Wenn Sie etwas wissen und es mir verschweigen, dann kann ich sehr ungemütlich werden. Ich habe in Österreich vielleicht keine Befugnisse, aber ich garantiere Ihnen, dass ich Ihnen trotzdem ziemlichen Ärger machen kann. Ich glaube, Sie wissen etwas, wollen es mir aber nicht erzählen.«

Bruce war amüsiert und schüttelte den Kopf. »Oh Mann, oh Mann. Sie glauben doch nicht wirklich, dass Sie mich mit so einem Verhalten einschüchtern können? Ich bin nur ein Tourist, der ein Faible für die Berge hat. Und jetzt gehen Sie, bitte. Mir tut der Hintern weh, ich muss mich ein wenig ausruhen. Auf Wiedersehen, Herr Agent.«

»Sie werden noch von mir hören«, sagte Schröck, schob geräuschvoll den Sessel zur Seite und verließ das Zimmer. Draußen auf dem Gang blieb er nachdenklich stehen. Vielleicht irrte er sich auch, und der Kerl wollte sich nur wichtigmachen. Er wollte schon gehen, als er eine Stimme hinter sich vernahm.

»He, Mann. Kommen Sie wieder rein. Sie erzählen mir, was hier eigentlich los ist, und ich sage Ihnen dafür, was ich gesehen habe. Deal?«

Schröck wandte sich um und blickte in das Gesicht des riesigen Schwarzen, der ihn jetzt freundlich anlächelte. Er trat auf ihn zu, und beide gingen zurück in Colemans Krankenzimmer. »Okay«, begann Schröck, »also: Wer sind Sie, und was machen Sie hier?«

»Mein Name ist Bruce Caleb Coleman. Ich bin Amerikaner, liebe die Berge und mache hier Urlaub. Ehrenwort, das ist die Wahrheit. Zu Hause arbeite ich bei der Polizei in Rochester, im Bundesstaat New York. Wenn Sie mir nicht glauben, hier ist mein Ausweis.« Bruce hielt Schröck eine Plastikkarte vor die Nase, die ihn als Detective der Mordkommission auswies.

Schröck konnte sich ein Grinsen nicht verkneifen.

»Was gibt's da zu lachen?«, fragte Bruce.

»Na ja, ihr habt auch keine besseren Ausweisbilder als wir. Auf dem Ding sehen Sie aus wie ein Frischling.«

Bruce zuckte mit den Schultern. »Ist ja auch schon einige Zeit her. Wenn es Ihnen recht ist, gehen wir in die Kantine. Ich spendiere Ihnen einen Kaffee, und wir fangen von vorne an.« Bruce humpelte los, ohne eine Antwort abzuwarten, und Schröck folgte ihm.

Eine Stunde später saßen sie immer noch in der schmucklosen Cafeteria und tranken Kaffee. Ihren zweiten. Bruce hatte Schröck von seiner Jugend am Chiemsee erzählt und davon, wie er zur Polizei gekommen war. Sie waren längst beim Du angelangt, und Schröck hatte das Gefühl, einem langjährigen Kollegen gegenüberzusitzen, als Coleman damit begann, Mutmaßungen über die Explosion anzustellen.

»Jetzt mal ehrlich. Du hast Urlaub, das alles hier sollte dich eigentlich kaltlassen, stattdessen habe ich den Eindruck, dass dich die Sache ziemlich interessiert. Warum?«, fragte Schröck.

»Vermutlich kann ich einfach nicht aus meiner Haut.« Bruce lehnte sich im Sessel zurück. »Ich mag es nicht, wenn mir jemand eine Eisenstange in den Rücken rammt und mir den Oberschenkel samt Hintern mit Glassplittern aufreißt. Außerdem bin ich gut zehn Jahre jünger als du und noch nicht abgeklärt genug, um nicht neugierig zu sein.«

»Wer sagt denn, dass ich abgeklärt bin?«, regte sich Schröck auf.

Bruce klopfte ihm auf die Schulter. »War nur ein Scherz, Alter.«

»Du sagtest, jemand hätte dir eine Eisenstange in den Rücken gerammt? Aber die Polizei geht von einer simplen Gasexplosion aus. Ein junger Mann, der – warum auch immer – seinem Leben ein spektakuläres Ende setzen wollte, das ist doch ein denkbares Szenario.«

»Klar, so könnte es gewesen sein.« Bruce zog die Mundwinkel nach unten. »Aber ich glaube nicht daran und du genauso wenig.«

»Bis jetzt hab ich aber auch noch nichts gehört, was das Gegenteil beweist.«

Bruce lehnte sich vor und stützte seine Ellenbogen auf dem Tisch ab. »Nicht? Na, dann hör mir mal gut zu. Die Erinnerung an alles, was nach der Explosion geschehen ist, ist zwar weg, aber unmittelbar bevor das Feuerwerk losging, habe ich einen Mann aus dem besagten Haus kommen sehen. Er hatte es ziemlich eilig.«

»Und viel Glück.«

»Mag sein oder auch nicht. Vielleicht war der Abgang auch geplant«, sagte Bruce. »Jedenfalls war der Typ bewaffnet. Ich erkenne schon von Weitem, wenn jemand eine Waffe unter der Jacke verbirgt. Dieser Mann trug eine Umhängetasche über der Schulter, vollgestopft mit irgendwelchen Sachen. Das Ding war neonorange und hat nicht zu seiner übrigen Kleidung gepasst. Weißt du, was ich denke?«

Schröck schüttelte den Kopf.

»Ich glaube, der Mann hat dem Opfer eins übergebraten, die Wohnung durchsucht und dann den Gashahn aufgedreht.«

»Was leider noch zu beweisen wäre«, sagte Schröck.

»Dafür müsste man sich die Bude mal genauer ansehen. Ich vermute nämlich, dass der Junge noch etwas anderes als Nudeln und Pizza in seiner Küche gekocht hat«, sagte Bruce und machte ein spitzfindiges Gesicht.

»Wie kommst du denn darauf?«, fragte Schröck.

»Wegen des Teils, das in meinem Hintern gesteckt hat. Es ist unschwer zu erkennen, dass es ursprünglich zu einem bauchigen Glasbehälter gehört hat.«

»Zu einer Blumenvase?«, schlug Schröck vor.

»Klar, das wäre eine Möglichkeit. Aber die Scherbe gehörte zum Boden des Gefäßes. Auf ihr ist ein Zeichen, das ich von früher kenne, aus dem Chemieunterricht, als ich noch in Deutschland gewohnt habe. Es kennzeichnet feuerfestes Glas. Man findet es auf Rundkolben, die man in Laboren verwendet.«

»Oder auf Teekannen«, bemerkte Schröck trocken.

»Dafür ist das Glas zu dünn.«

»Gut, dann lasse ich die Scherbe auf Rückstände untersuchen«, sagte Schröck.

»Damit wirst du kein Glück haben. Sie wurde desinfiziert und gewaschen, bevor man sie mir ausgehändigt hat.«

»Also wäre diese Fährte eine Sackgasse. Kannst du mir wenigstens den Mann beschreiben, den du gesehen hast?«, fragte Schröck.

Bruce stützte den Kopf in die Hände. »Leider nein. Wenn ich versuche, mich an ein Gesicht zu erinnern, sehe ich nur schreiende Menschen und Parkbänke, die durch die Luft fliegen.«

»Schon gut, quäl dich nicht. Die Polizei hat das Haus zwar wegen Einsturzgefahr gesperrt, aber ich werde versuchen, die Erlaubnis zu bekommen, um mich in der Wohnung umzusehen. Ich danke dir für deine Offenheit. Du hast mir sehr geholfen.« Schröck zog sein Portemonnaie aus der Gesäßtasche und schaute sich nach der Kellnerin um.

»Warte, warte. Das war's jetzt also?«, fragte Bruce erstaunt.

»Wie meinst du das?«

»Du willst der Sache ganz allein nachgehen?«

»Was denn sonst?«

»Na, ich könnte dir doch dabei helfen.«

»Und wie stellst du dir das vor?« Schröck schüttelte den Kopf. »Du bist hier nur Tourist und hast mit der ganzen Sache, abgesehen davon, dass du Zeuge bist, nichts zu tun.«

»Oh Mann, draußen gießt es in Strömen, und ich muss hier herumsitzen und vor Langeweile sterben. Ich versichere dir, ich bin gut in solchen Sachen. Und was Drogen betrifft, bin ich sogar Experte. Lass mich dir helfen. Ich werde mich auch im Hintergrund halten, versprochen.«

Schröck überlegte. Wie es der Zwei-Meter-Mann schaffen wollte, sich im Hintergrund zu halten, war ihm zwar ein Rätsel, andererseits war von der örtlichen Polizei kein besonderes Entgegenkommen zu erwarten. Die Sache war nicht eben gut für Kitzbühels Renommee, und nach dem Drohanruf des Unbekannten war klar, dass nicht alle an der Aufklärung von Schultes Tod interessiert waren.

»Also gut«, sagte Schröck. »Wann lässt man dich hier raus?«

»Ich bin praktisch wie neu. Ich kann jederzeit auschecken.« Bruce grinste. »Allerdings weiß ich noch nicht, wo ich unterkommen werde. Ich wollte mir gerade ein Zimmer organisieren, als mich die Explosion überrascht hat.«

»Okay, dann harrst du am besten ein paar weitere Stunden hier aus. Ich habe noch etwas zu erledigen, aber am Abend hole ich dich ab. Dann sehen wir uns auch nach einer Bleibe für dich um.«

»Cool, so machen wir das«, sagte Bruce und bestand darauf, die Rechnung zu bezahlen.

Während Schröck zu seinem Auto ging, fragte er sich bereits, ob es eine gute Idee gewesen war, Coleman miteinzubeziehen. Aber jetzt war es für Zweifel schon zu spät.

10

Das Zimmer lag im Halbdunkel. Durch die schmalen Fenster des Bauernhofes drang gerade noch so viel Licht herein, dass sie die lederne Aktentasche vor sich erkennen konnte. Lena kauerte auf ihrem Bett und starrte das alte Ding an, als rechnete sie jeden Moment damit, dass es zum Leben erwachen und sich auf sie stürzen würde.

Justin hatte ihr die Tasche vor ein paar Wochen gegeben. Der Inhalt sei seine Versicherung, hatte er gesagt. Wenn ihm etwas zustoße, wenn sie ihn etwa hopsnähmen oder Schlimmeres, dann sollte sich Lena mit seinem Anwalt in Verbindung setzen und ihm die Papiere, die er in der Tasche aufbewahrt hatte, aushändigen. »Aber du musst mir versprechen, die Tasche nur im Notfall zu öffnen«, hatte er gesagt. Sie hatte es ihm versprochen, hatte alles sowieso nur für Theater gehalten – Justin hatte schon immer zur Übertreibung und Dramatisierung geneigt – und das alte Ding in den hintersten Winkel ihres Schrankes verbannt.

Erst gestern nach seinem Begräbnis, als der Schock etwas nachgelassen hatte, hatte sich Lena wieder daran erinnert, die Tasche hervorgeholt und sie, zusammen mit den Dingen, die ihr Justin im Laufe der Jahre geschenkt hatte, wie Reliquien auf ihrem Bett aufgereiht. Doch nun hatte sich etwas geändert, und sie hatte das Gefühl, dass ihre Wut sie von innen heraus auffraß. Sicher, Justin hatte sich in Gesellschaft oft selbstherrlich gegeben, so als würde ihm nichts und niemand etwas anhaben können. Aber wenn sie zusammen waren, war er wieder ihr Justin gewesen, sanft, zurückhaltend und unsicher. Als Lena die Nachricht von seinem Tod erhielt, hatte sie zuallererst an ein Unglück gedacht. Justin war manchmal fahrig und unkonzentriert gewesen. Sie hatte vermutet, dass er beim Hantieren mit den Chemikalien, die er in seiner Wohnung aufbewahrte, unvorsichtig gewesen war.

»Die Polizei geht von Selbstmord aus.« So hatte es in der Zeitung gestanden. In den Jahren ihres Zusammenseins hatten sie über viele Dinge geredet, einmal auch über Leute, die sich das Leben nahmen. Justin hatte gelacht und gesagt, sich umzubringen käme für ihn nicht in Frage. Dafür sei er viel zu feige, und mit Schmerzen hätte er es auch nicht so. Doch in den letzten Wochen vor seinem Tod war er auffallend stiller geworden. Als Lena ihn darauf angesprochen hatte, hatte er nur gesagt, man könne halt nicht immer gut drauf sein. Weil sie dachte, dass sein seltsames Verhalten mit ihrer Beziehung zu tun hätte, hatte sie nicht weiter nachgefragt. Sie hatte Angst gehabt, er könnte mit ihr Schluss machen.

Am Abend vor Justins Tod waren sie gemeinsam mit ein paar Freunden, die ebenso wie er aus wohlhabenden Familien mit Zweitwohnsitz in Kitzbühel stammten, in einem der vielen teuren Lokale gewesen. Justin hatte gute Laune gehabt. Als sie aufbrachen, hatte er sie gedrängt, bei ihm zu übernachten, aber sie hatte abgelehnt. Sie hatte ihrer Großmutter versprochen, sie gleich am nächsten Morgen zum Einkaufen zu begleiten. Justin hatte Verständnis gezeigt und gemeint, er würde dann am späten Nachmittag bei ihr vorbeikommen. »Mal sehen, was dann angesagt ist.« Justin gab sich gerne cool, speziell dann, wenn er unsicher war.

Von dem Moment an, als sie von seinem Tod erfahren hatte, hatte Lena die Frage gequält, ob sie nicht hätte erkennen müssen, dass es schlecht um Justin stand, dass er sich umbringen wollte.

Doch seit sie den Inhalt der Aktentasche kannte, war das nicht mehr so. Zu ihrer Trauer hatten sich zwei weitere Gefühle gesellt: Wut und Angst. Justin hatte ihr nicht nur Papiere hinterlassen, die sie beunruhigten, er hatte auch einen Brief für sie beigelegt. Immer wieder hatte sie ihn gelesen und es nicht glauben können. Der Brief enthielt genaue Anweisungen, was zu tun sei, wenn er verhaftet oder gar umgebracht werden würde. Und dann das Geld. Es waren hunderttausend Euro, auf zwei Umschläge verteilt.

Justin war umgebracht worden, das stand für Lena jetzt fest. In diesem Fall sollte sie das Geld nehmen und sich schleunigst aus dem Staub machen. »Am besten setzt du dich ins Ausland ab, irgendwohin, wo man dich nicht findet, bis Gras über die Sache gewachsen ist«, stand in dem Brief.

Aber wie hatte er sich das vorgestellt? Das hier war schließlich nicht einer von seinen Filmen, die sie sich an regnerischen Tagen bei ihm zu Hause reingezogen hatten, oder ein Computerspiel, bei dem man einfach nur den Reset-Knopf drücken musste, wenn man seine Leben verbraucht hatte, und schon fing alles wieder von vorn an. Sie konnte doch nicht still und heimlich ihre Koffer packen, ihre Familie verlassen und irgendwo von vorn anfangen. Oder doch?

Und mit seinen Anwälten wollte sie auch nichts zu tun haben. Justin war tot, und früher oder später würde die Polizei ohnehin herausfinden, was passiert war. Sie musste zur Polizei gehen, die Beamten würden wissen, was zu tun sei. Gleich morgen würde sie die verdammte Tasche aufs Kommissariat tragen, den Beamten Justins Brief zeigen und sie darum bitten, sie zu beschützen.

»Verdammt!« Lena versetzte dem alten Teddy, der neben ihr auf dem Bett saß und sie aus seinen braunen Glasaugen zu beobachten schien, einen Stoß, sodass er mit einem kehligen Brummen zu Boden stürzte. Das war's dann wohl mit der Tourismusschule in St. Johann. Ein Jahr noch, dann hätte sie das Abi in der Tasche gehabt. Ihre Mutter würde heulend auf sie einreden, Vater würde ausrasten. Es schmerzte sie, wenn sie daran dachte, wie die Großeltern stumm dastehen würden, wenn sie erfuhren, dass ihre Enkelin Dope nahm und Justin ein Drogenhändler im großen Stil gewesen war, der überdies das Zeug auch noch selbst hergestellt hatte.

Lena hatte für den Stoff nichts bezahlen müssen, Justin hatte ihr das Meth geschenkt, und verkauft hatte sie nie auch nur ein Gramm. Sicher würde man sie wegen Drogenmissbrauchs anklagen, vielleicht auch auf Entzug schicken. Ins Gefängnis musste sie vermutlich nicht, aber in Kitz würde sie sich anschließend auch nicht mehr blicken lassen können. »Morgen, gleich morgen gehe ich zur Polizei«, flüsterte sie, dann drehte sie sich zur Seite, kuschelte sich in ihr Kissen und schloss die Augen.

11

»Scharfe Karre«, grinste Bruce. Mit einiger Mühe hatte er sich in Schröcks alten Passat gezwängt und hockte nun seltsam verdreht auf dem Beifahrersitz.

»Sie erfüllt ihren Zweck«, gab Schröck trocken zurück.

»Wohin fahren wir?«, fragte Bruce.

»Ich habe Hunger, außerdem muss ich ein paar Anrufe machen. Wenn es dir recht ist, suchen wir uns erst ein Lokal und kümmern uns anschließend um deine Unterkunft.«

»Klingt nach einem Plan«, sagte Bruce und machte es sich, so gut es bei seiner Körpergröße ging, bequem.

Schröck lenkte den Wagen durch die verkehrsberuhigte Zone in St. Johann. Obwohl es leicht nieselte, waren etliche Menschen auf der Straße unterwegs. Touristen, wie man auf den ersten Blick erkennen konnte, die sich keinen Deut darum scherten, dass die Autos im Schritttempo hinter ihnen herzuckeln mussten.

Als sie an einem Lokal vorbeikamen, das zudem Apartmenthaus, Restaurant und Kaffeehaus war, konnte Schröck durch das Schaufenster Torten und anderes Gebäck erkennen, die ihm das Wasser im Mund zusammenlaufen ließen. Hinter einer geschwungenen Außentreppe, über die man auf die offene Dachterrasse des Lokals gelangte, fuhr er in die schmale Einfahrt zur Hinterseite des Hauses und brachte den Wagen auf einem Parkplatz vor einem Supermarkt zum Stehen.

»Was meinst du? Das Café sieht doch nett aus, oder?«, wandte er sich an Bruce. »Außerdem haben die auch Zimmer.«

»Aber wir sind hier in St. Johann, nicht in Kitzbühel. Ich denke gar nicht daran, hierzubleiben. Ich möchte die Berge sehen.« Bruce machte ein beleidigtes Gesicht.

»Hier hast du jede Menge davon. Das vor deiner Nase ist zum Beispiel das Kaisergebirge.« Schröck deutete auf eine große Plakatwand mit einer Panoramaaufnahme des Gebirgszuges.

Bruce schälte sich murrend aus seinem Sitz. »Das ist nicht witzig. Warum kann ich nicht in Kitzbühel wohnen?«

»Wenn du mir wirklich bei meinen Ermittlungen helfen willst, ist es besser, wenn man uns nicht zu oft zusammen sieht. Du bist ja nicht gerade das, was man unscheinbar nennt.«

Schröck bemerkte Bruce' argwöhnischen Blick, sagte jedoch nichts. Der Amerikaner war ihm sympathisch, dennoch fragte er sich, warum Bruce ihn unbedingt bei seinen Nachforschungen unterstützen wollte. Andererseits war Bruce Polizist, und vielleicht sogar würde Schröck sich ähnlich verhalten, wenn ihm jemand den Urlaub versaute, indem er ihn fast in die Luft gesprengt hatte.

Er sperrte den Wagen ab und ging ein paar Schritte auf das Lokal zu, bevor er sich zu Bruce umdrehte. »Warum haben sie dich nach der Explosion eigentlich ins Krankenhaus nach St. Johann gebracht? Die meisten der Opfer, die ich befragt habe, wurden oder werden noch immer in Kitzbühel versorgt.«

»Darüber habe ich mich auch gewundert. Es gäbe in Kitz kein richtiges Spital mehr, hat man mir erklärt, nur noch Privatkliniken. Auch das ehemalige Krankenhaus sei jetzt privat, aber zum Glück stand sein oberstes Stockwerk leer. Dort wurde ein behelfsmäßiges Lazarett errichtet, um die Verletzten an Ort und Stelle behandeln zu können, das hast du bestimmt besucht. Mich hat man gemeinsam mit den anderen, die operiert werden mussten, hierhergebracht«, sagte Bruce.

»Den Splitter hätten sie dir bestimmt auch dort aus dem verlängerten Rücken ziehen können«, sagte Schröck und ging weiter.

»Also, jetzt hör mal, so eine Lappalie war das nun auch wieder nicht. Ich hätte großes Glück gehabt, hat der Arzt gesagt. Außerdem musste ich genäht werden. Fünfzehn Stiche, das ist keine Kleinigkeit.«

»Entschuldigung, du tust mir wirklich leid. Und jetzt komm endlich, ich habe Hunger«, sagte Schröck und grinste.

Sie betraten den großen Gastraum über einen Durchgang.

Schröck schaute sich um und wählte schließlich einen Tisch in einer Nische, wo sie ungestört reden konnten. Der Kellner eilte geschäftig hin und her, kam kurz nachdem sie sich gesetzt hatten, an ihren Tisch und legte ihnen die Speisekarte vor. Bruce bestellte Bier, Schröck nahm eine Cola. Dann widmete er sich der Seite mit den Pizzen und wählte schließlich eine Quattro Stagioni. »Hast du keinen Hunger?«, fragte er Bruce.

»Jedenfalls nicht auf Pizza und Burger, davon ernähre ich mich das ganze Jahr über. Das ist doch auch eine Konditorei, nicht wahr?«

Schröck nickte.

Bruce erhob sich und ging wie ferngesteuert los.

»Wohin willst du?«

»Ich habe mehr Appetit auf etwas Süßes.«

Wenige Minuten später kam er mit einem seligen Lächeln im Gesicht wieder zurück, und als der Kellner die Getränke und Schröcks Pizza brachte, stellte er auch drei Teller mit je einem Stück Torte vor Bruce ab.

»Wohl bekomm's!«, sagte Schröck. »Torte und Bier. Ich wusste ja, dass ihr Amis essenstechnisch nicht alle Tassen im Schrank habt, aber so etwas …?«

»Sei bloß vorsichtig, was du sagst«, gab Bruce kauend zurück und stopfte sich ein weiteres Stück von der Sachertorte in den Mund.

Als sie nach dem Essen Kaffee tranken, kratzte Schröck nachdenklich mit dem Löffel in seiner Tasse herum. »Weißt du, was ich mich die ganze Zeit schon frage? In der Zeitung stand doch, dass die Polizei von Selbstmord ausgeht. Aber als ich auf dem Kommissariat in Kitzbühel war, hat man mir gesagt, dass die Ermittlungen noch nicht abgeschlossen seien. Ich weiß nicht, wie man das hierzulande so hält, aber bei uns geht nichts an die Presse, bevor nicht klar ist, was passiert ist.«

»Na, dann frag doch noch einmal nach«, sagte Bruce.

Schröck zog sein Smartphone aus der Tasche, suchte im Internet die Nummer der Polizei Kitzbühel heraus und war kurz darauf mit dem Bezirkspolizeikommandanten verbunden.

Er musste sich nicht groß vorstellen, der Oberstleutnant wusste sofort, wer er war, und bekräftigte seine bereits bestehende Zusage, die Ermittlungen der Nachbarn nach Möglichkeit zu unterstützen. Als ihn Schröck nach der besagten Pressemitteilung fragte, versicherte er ihm, dass seitens seiner Dienststelle keine derartige Information an die Medien ergangen sei. Er klang glaubhaft, als er sagte, dass er sich nicht vorstellen könne, dass einer seiner Beamten den Mund zu weit aufgemacht hätte, schließlich seien selbst die Kollegen hinsichtlich der Selbstmordtheorie äußerst skeptisch. Schröck bedankte sich und wollte sich schon verabschieden, als Bruce mit den Händen zu rudern begann.

»Die Wohnung«, flüsterte er.

Schröck nickte. »Ach ja, was ich Sie noch bitten wollte: Wäre es vielleicht möglich, dass ich mich in der Wohnung des Toten ein wenig umsehe?«, fragte er.

»Das gesamte Stockwerk ist wegen Einsturzgefahr baupolizeilich gesperrt. Wenn Sie da hineingehen, handeln Sie auf eigene Gefahr.«

»Selbstredend«, sagte Schröck. »Trotzdem glaube ich, es ist unerlässlich, dass ich mir selbst vor Ort ein Bild mache.«

Der Kommandant überlegte eine Weile, willigte aber schließlich ein. Er würde Schröck einen Beamten zur Seite stellen, um ihm den Zugang zum Unglücksort zu ermöglichen.

Schöck bedankte sich und trennte die Verbindung. »Erledigt«, sagte er zu Bruce. »Und jetzt kümmern wir uns um deine Unterkunft.« Er winkte dem Kellner und fragte ihn nach einem freien Zimmer.

Kurz darauf kam der Chef des Hauses zu ihnen an den Tisch und begrüßte sie überaus freundlich. »Sie haben großes Glück, ein Gast hat mir kurzfristig abgesagt. Das Apartment fünf ist frei. Wie lang planen Sie denn zu bleiben?«, fragte er.

»Das weiß ich noch nicht«, beeilte sich Bruce zu antworten, »aber mindestens eine Woche.«

»Mein Freund hier muss sich ein wenig erholen«, warf Schröck ein. »Er wurde gerade erst aus dem Krankenhaus entlassen. Er war drüben in Kitz, als das Haus in die Luft geflogen ist, und wurde verletzt.«

Der Chef des Hauses machte ein betroffenes Gesicht. »Davon habe ich gehört. Furchtbare Sache. Eine meiner Bekannten, eine Frau hier aus dem Ort, war auch dabei. Hat es Sie schwer erwischt?«

Bruce wollte nicken, aber Schröck kam ihm zuvor. »Halb so wild. Er hat nur Probleme beim Sitzen.«

»Gott sei Dank. Dann nehmen Sie also das Apartment? Wollen Sie es sich vorher anschauen?«

Bruce verneinte.

»Dann holen Sie den Schlüssel später einfach bei mir ab, und ich zeige Ihnen alles.«

Sie bedankten sich, und der Geschäftsführer ließ sie wieder allein.

»Sag mal, kennst du hier im Raum jemanden?«, fragte Bruce leise.

»Nicht dass ich wüsste. Warum?«

»Schräg hinter dir sitzt ein Typ, der dich die ganze Zeit über anstarrt.«

»Vielleicht starrt er ja nicht mich, sondern dich an? Könnte doch sein, dass er noch nie so einen kräftigen Kerl gesehen hat. Sei bloß vorsichtig.«

»Sehr witzig. Außerdem weiß ich, wenn mich jemand aufs Korn nimmt. Der Mann interessiert sich ausschließlich für dich.«

Schröck wartete, bis der Kellner an den Tisch kam, um das Geschirr abzuräumen. Als er sich wieder entfernte, drehte er sich rasch um und rief ihm nach, er solle ihm noch einen Kaffee bringen.

Der Mann am Nebentisch senkte augenblicklich den Kopf, doch Schröck hatte Zeit gehabt, ihn zu mustern. An dem knapp Fünfzigjährigen war nichts Auffälliges. Er war von kräftiger Statur, trug eine hellgrüne Wolljacke, hatte grau melierte Haare und einen dunklen Teint, der darauf schließen ließ, dass er viel Zeit an der frischen Luft verbrachte.

Schröck drehte sich wieder um. Er musste an den anonymen Drohanruf denken, den er im Auto erhalten hatte. Aber wer würde schon einen Bergführer schicken, um ihn zu bespitzeln? Er verwarf den Gedanken wieder. »Glaub mir, der Mann ist sauber«, sagte er zu Bruce.

Aber da irrte sich Schröck gewaltig.

12

Nachdem Schröck am späten Nachmittag in sein Zimmer zurückgekehrt war, hatte er ein paarmal versucht, Klaus Heinrich zu erreichen. Er wollte wissen, ob sich Heinrich schon um den anonymen Anrufer gekümmert hatte oder vielleicht etwas darüber wusste, wer etwas gegen seine Ermittlung haben könnte. Aber Heinrich war nicht erreichbar. Schließlich hinterließ ihm Schröck eine Nachricht auf der Mobilbox und war dabei bemüht, nicht allzu sauer zu klingen, als er seinen Verbindungsmann über den anonymen Anruf informierte. Er zweifelte nicht daran, dass Heinrich wusste, dass die Leute im Umfeld von Staatssekretär Schulte alles dafür tun würden, um negative Schlagzeilen zu vermeiden. Aber auf die Erpressung eines BND-Kollegen würde Heinrich sicher genauso allergisch reagieren wie er selbst.

Schröck hatte seinen Augen nicht trauen wollen, als er vor einigen Tagen sein Hotelzimmer bezogen hatte. Die Unterkünfte, in denen man ihn normalerweise unterbrachte, waren zumeist eher von der billigen Sorte. Diese Bleibe aber hatte vier Sterne und war im gediegenen Landhausstil eingerichtet. Das Zimmer verfügte über eine kleine Sitzecke mit einem großen Tisch, auf dem er seinen Laptop aufstellen und seine Notizen ausbreiten konnte. Aus reiner Neugier hatte er sich im Internet die Seite des Hotels angesehen und staunend festgestellt, dass die Steuerzahler für seine Junior-Suite mehr als dreihundert Euro pro Nacht zu berappen hatten, natürlich inklusive reichhaltigem Frühstücksbüfett, Sauna, Whirlpool und Parkservice. Jedenfalls war er als Gast in bester Gesellschaft. Laut Website hatten hier schon Beckenbauer, die Klitschko-Brüder, Gunter Sachs, Claudia Cardinale, Walter Scheel, Lothar Matthäus, Boris Becker und viele andere Prominente aus Politik und Kultur gewohnt und ihre müden Häupter auf die erlesenen Daunenkissen der Nobelherberge gebettet. Das Haus, das erstmals im

16. Jahrhundert urkundlich erwähnt worden war, befand sich schon seit vierzig Jahren im Besitz eines Münchner Familienunternehmens, das auch in der bayrischen Hauptstadt eine nicht minder gediegene Niederlassung betrieb.

Der Zehner, den Schröck dem Pagen gab, nachdem dieser ihm seinen alten Koffer und die Reisetasche aufs Zimmer gebracht hatte, war vermutlich für immer verloren. Auf seinem Spesenabrechnungsformular gab es keine Rubrik für Trinkgelder.

Jetzt ging Schröck ins Bad, warf noch einen schnellen Blick in den riesigen Spiegel und befand, dass er ganz passabel aussah, jedenfalls allemal gut genug für einen Spaziergang durch die Innenstadt.

Das Hotel lag in Kitzbühels Zentrum, unweit des Casinos und nur ein paar Steinwürfe vom Explosionsort entfernt. Schröck beschloss, dem Unglückshaus einen Besuch abzustatten, selbst wenn er vermutete, dass es dort vermutlich nichts Besonderes zu sehen gab. Der Spruch, dass es einen immer wieder an den Tatort zog, galt wohl nicht nur für den Täter, sondern auch für ermittelnde Polizisten.

Mit dem Aufzug fuhr er in die Lobby und ging zielstrebig auf den Ausgang zu, als ihm die Rezeptionistin zuwinkte. Schröck trat an den Tresen.

Die freundliche junge Frau sprach Hochdeutsch mit einem unverkennbar norddeutschen Akzent. »Ich hoffe, Sie sind bisher mit unserem Service zufrieden«, betete sie ihr Sprüchlein herunter und händigte Schröck, nachdem er dies dankend bestätigt hatte, ein rosa Kuvert aus.

»Wissen Sie, wer das für mich abgegeben hat?«, fragte er.

Sie verneinte bedauernd. Da sie ihren Dienst erst um sechs Uhr angetreten hatte, war die Nachricht wohl von der Kollegin vom Tagdienst in Empfang genommen worden.

Schröck bedankte sich, steckte den Umschlag in seine Jackentasche und verließ das Hotel. Nachdem er ein paar Meter gelaufen war, holte er das Kuvert wieder heraus und riss es auf. Die Nachricht bestand nur aus ein paar wenigen, scheinbar eilig geschriebenen Zeilen. »Ich weiß, wer Sie geschickt hat.

Es geht um die Explosion. Ich muss dringend mit Ihnen reden. Um neunzehn Uhr im ›Centro‹? E.«

Kurz entschlossen ging Schröck zum Hotel zurück und fragte an der Rezeption nach, was das »Centro« sei.

»Ein Lokal«, erklärte ihm die Frau am Empfang. »Es liegt nur ein paar Meter vom Hotel entfernt und ist gar nicht zu verfehlen.«

Während er auf das hellblaue Haus zusteuerte, das ihm die Hotelangestellte beschrieben hatte, warf Schröck einen Blick auf seine Armbanduhr. Zwanzig vor sieben. Als er den schwachen Duft von Parfüm wahrnahm, schnupperte er an seinen Fingern. Roch nach einem teuren Damenduft. Er hatte ihn schon vorhin wahrgenommen, als er den Umschlag geöffnet hatte. Er war gespannt, wer sich mit ihm treffen wollte.

Das »Centro« war ein italienisches Lokal mit einer langen Bar und mit weißem Leder bezogenen Bänken und Stühlen. Vermutlich hätte der Raum nüchtern gewirkt, wäre da nicht das alte Deckengewölbe gewesen, das eine beinahe heimelige Atmosphäre verbreitete. Schröck setzte sich an den Tresen und bestellte Kaffee. Das Publikum war gemischt: junge Leute, die ihren Arbeitstag mit einem Gläschen Wein ausklingen ließen, die allgegenwärtigen Touristen und eine Gruppe von Männern, Geschäftsleute vermutlich, die etwas versteckt an einem Tisch saßen und dem Anschein nach heftig diskutierten.

Um Punkt sieben betrat eine Frau das Lokal. Schröck schätzte sie auf etwa dreißig, war sich aber unsicher. Sie hätte in jedem Alter zwischen fünfundzwanzig und vierzig sein können. Ihr glänzendes schwarzes Haar reichte ihr bis zu den Schultern, und mit ihrem durchtrainierten Körper sah sie aus, als wäre sie einem Fitnessmagazin entstiegen. Man hätte sagen können, sie war ein steiler Zahn. Und der Art nach zu urteilen, mit der sie sich bewegte und zielstrebig auf Schröck zuging, wusste sie das auch. Sie setzte sich auf den Hocker neben ihm, schlug die Beine übereinander und schaute ihn aus großen braunen Augen an.

»Danke, dass Sie gekommen sind«, flüsterte sie.

»Keine Ursache«, sagte er so gelassen, wie es ihm angesichts des betörenden Dufts, der von ihr ausging, möglich war. »Mein Name ist Michael Schröck, aber das wissen Sie ja vermutlich schon.«

»Entschuldigen Sie«, sie wischte sich eine dunkle Haarsträhne aus dem Gesicht, die ihr über ihren hoch sitzenden Wangenknochen gerutscht war, »ich habe mich noch gar nicht vorgestellt. Eva Zehmann aus München.«

Woher auch sonst?, dachte Schröck. »Sie wollen mit mir also über die Explosion reden, Frau Zehmann?«

Sie nickte, winkte den Barkeeper zu sich und bestellte ein Ginger Ale.

»Sie haben geschrieben, dass Sie wüssten, wer mich geschickt hat«, sagte Schröck, als sie wieder ungestört sprechen konnten. Er wurde langsam ungeduldig. »Wenn das so ist, würde mich interessieren, woher Sie dieses Wissen haben.«

»Ich gehöre sozusagen zur Familie.« Sie lächelte erst ihn an, dann warf sie dem Barkeeper, der gerade das Ginger Ale vor ihr abstellte, einen Blick zu, der die Eiswürfel im Kühlfach der Bar zum Schmelzen gebracht hätte.

»Zu welcher Familie?«

»Zur Familie Schulte. Justin Schulte war mein Cousin.« Sie senkte den Kopf, klopfte gegen ihr Glas und beobachtete die Kohlensäurebläschen beim Aufsteigen.

»Das mit Ihrem Cousin tut mir leid«, sagte Schröck.

»Danke, aber wir hatten keine besonders enge Bindung. Ich habe ihn nur selten gesehen. Das letzte Mal war, soweit ich mich erinnern kann, vor einem Jahr bei einem Familientreffen in München.«

»Sie werden verstehen, dass ich mich frage, woher Sie über meine Anwesenheit Bescheid wissen. Hat Sie Staatssekretär Schulte informiert?«

»Nein, ich habe meine eigenen Quellen. Aber darüber will ich nicht sprechen.« Sie klang endgültig.

»Dann sind Sie auch Politikerin?«, versuchte Schröck, das Gespräch in Gang zu halten, was ihm zunehmend schwerer fiel.

Eva Zehmann lächelte und schüttelte den Kopf. »Nein, für Politik interessiere ich mich überhaupt nicht.«

Schröck betrachtete ihre Hand, die immer noch an ihrem Glas herumspielte. An dreien ihrer fünf Finger steckten Ringe, die mit ihren glänzenden Steinen vermutlich mehr gekostet hatten, als er in einem halben Jahr verdiente. Einen Ehering konnte er jedoch nicht entdecken. »Tourismusbranche, Mode, Immobilien?«

»Raten Sie ruhig weiter, das gefällt mir.« Sie strahlte ihn an, und Schröck wurde heiß. »Aber ich denke, Sie werden nicht draufkommen, also erlöse ich Sie. Ich kümmere mich um den Sportnachwuchs.«

»Sie sind Trainerin?«

»Nein, ich betreibe seit einigen Jahren eine Agentur und suche nach Talenten, die das Zeug dazu haben, Spitzensportler zu werden. Wir betreuen die jungen Leute, kümmern uns um Sponsoren, steuern ihre Medienkontakte, fördern ihre sportliche Karriere und sorgen dafür, dass sie nur von den Besten der Besten trainiert werden.«

»Klingt interessant. Und in welcher Sportart?«

»Querbeet. Wir machen da keinen Unterschied, sowohl Winter- als auch Sommersportarten.«

»Dürfte ein einträgliches Geschäft sein«, sagte Schröck und schaute auf ihre Ohrringe, die wie ihr Fingerschmuck mit Brillanten besetzt waren.

Sie hatte seinen Blick bemerkt und strich sich sanft über ihre Ohrläppchen. »Es ist viel Arbeit, aber man kann ganz gut davon leben.«

»Und wo leben Sie?«

»Eigentlich in München, aber ich besitze auch in Kitzbühel eine kleine Wohnung. Ich bin viel unterwegs.«

»Das ist ja alles schön und gut, Frau Zehmann, und es tut mir leid, wenn ich Sie jetzt dränge, aber was genau wollten Sie mir erzählen? Und wenn es um den Tod Ihres Cousins geht, warum haben Sie sich nicht an die Polizei gewandt?«

»Warum sollte ich mich mit den Zweitbesten zufriedengeben, wenn ich Sie haben kann?«

Wieder dieser Blick. Schröck hatte das Gefühl, als hätte jemand in seinem Rücken einen Heizstrahler aufgestellt.

Dann aber huschte ein Schatten über Eva Zehmanns Gesicht. »Außerdem«, ihre Stimme klang jetzt ängstlich, »ist die Situation gefährlich. Diese Leute schrecken vor nichts zurück.«

Schröck musste sich beherrschen, um sie nicht in den Arm zu nehmen. Stattdessen atmete er tief durch und lehnte sich zurück. »Sie glauben also, dass der Unfall ein Mord war? Und welches Motiv hatten diese Leute, wie Sie sie so schön genannt haben, dafür, Ihren Cousin umzubringen? Wenn Sie wollen, dass ich mich darum kümmere, und einen Verdacht haben, sollten Sie mit mir Klartext reden.«

»Ich weiß es leider nicht. Aber ich will, dass Sie diese Möglichkeit in Erwägung ziehen, auch wenn ich keine Beweise habe. Ich glaube nicht an Selbstmord.«

Eva Zehmann hatte es geschafft, Schröck total zu verwirren. Einerseits hatte sie offensichtlich Angst, es könnte ihr etwas zustoßen, andererseits behauptete sie, nur zu vermuten, dass der Tod des jungen Schulte kein Selbstmord gewesen war. Die unstimmigen Aussagen ließen nur einen Schluss zu. Eva Zehmann wusste sicher mehr, als sie ihm sagen wollte. »Wer hätte ein Motiv gehabt, ihn in die Luft zu jagen?«

»Das kann ich Ihnen nicht sagen. Es wäre verfrüht, jetzt schon darüber zu sprechen. Im Moment bitte ich Sie nur, diesen Aspekt bei Ihrer Untersuchung miteinfließen zu lassen«, sagte sie und stieß nervös mit der Spitze ihres Schuhs an das Bein seines Barhockers.

»Und wie geht es dann weiter? Was, wenn sich Ihre Vermutung bestätigt? Werden Sie mir dann mehr erzählen?«

»Wir werden sehen«, sagte sie und schaute ihm tief in die Augen. »Aber jetzt muss ich gehen.« Elegant ließ sie sich vom Hocker gleiten.

»Wie kann ich Sie erreichen?«, beeilte sich Schröck zu fragen. »Sie wollen doch sicher wissen, wenn ich etwas herausgefunden habe.«

»Ich melde mich.« Eva Zehmann winkte ihm im Gehen zu, und draußen war sie.

Schröck bezahlte das Ginger Ale und seinen Kaffee beim Barmann, steckte die Rechnung ein und verließ das »Centro« ebenfalls. Er nahm sich vor, gleich morgen in der Zentrale anzurufen und eine Personenüberprüfung von Eva Zehmann zu erbitten.

Auf der Straße waren die bunten Häuser taghell erleuchtet. Noch immer herrschte reger Verkehr. Nach einigen Schritten spürte Schröck ein seltsames Gefühl in sich aufsteigen, ein Gefühl, das sich nur dann einstellte, wenn man beobachtet wurde. Plötzlich hatte er es sehr eilig, zurück in sein Hotelzimmer zu kommen.

13

Am nächsten Morgen hielt Schröcks alter Passat um Viertel vor acht auf dem Parkplatz vor dem Supermarkt hinter dem Apartmenthaus »Rainer«. Trotz der zwei Tassen Kaffee, die er vor seiner Abfahrt zum Frühstück getrunken hatte, war Schröck wie in Trance nach St. Johann gefahren. Er wurde die Gedanken an den gestrigen Abend einfach nicht los.

Schröck zog den Zündschlüssel ab, stieg aus und schlurfte zum Lokal. Im Gastraum hielt er Ausschau nach Bruce, konnte ihn aber nirgendwo entdecken. Als sich der Kellner an Schröck mit einem mit Kaffeekännchen beladenen Tablett vorbeidrückte, fragte Schröck ihn im Vorbeigehen nach dem Weg zu Bruce' Apartment.

»Die Treppe rauf, erster Stock, Nummer fünf. Ganz leicht zu finden«, gab der Kellner zurück, dann widmete er sich einer gewichtigen Dame, die ihn am Arm zupfte, weil sie Brötchennachschub verlangte.

Wie beschrieben stieg Schröck die Treppe hinauf und fand kurz darauf Bruce' Tür. Er klopfte erst leise, dann etwas lauter, und schließlich schlug er ein paarmal mit der Faust dagegen.

»Selbst wenn Sie die Tür eintreten, wird Ihnen Ihr Freund nicht aufmachen«, hörte Schröck plötzlich eine Stimme. Er drehte sich um und sah den Chef des Hauses vor sich, der gerade aus seinem Büro kam.

»Der Herr hat schon vor einer Stunde das Haus verlassen. Seinem Aufzug nach wollte er vermutlich joggen. Und das in seinem angeschlagenen Zustand! Trinken Sie doch einen Kaffee, während Sie warten.«

»Vielen Dank, aber ich glaube, erst einmal brauche ich eine Zigarette«, sagte Schröck und drehte sich um.

»Warten Sie, hier geht's auch hinaus«, sagte der Wirt und wies ihm den Weg zu einer anderen Treppe, die zu einem Seitenausgang und direkt auf den Parkplatz führte.

Schröck rauchte schon eine Weile unter einem Dachvorsprung, als sich aus dem Regendunst eine Gestalt löste und schnell größer wurde. Es war Bruce. Als er Schröck sah, winkte er ihm zu und setzte zum Sprint an. Wenig später stand er schwer atmend vor ihm, die Hände auf die Oberschenkel gestützt.

»Na, *lazy german*, auch schon auf den Beinen?«, presste Bruce keuchend heraus.

»Auch einen schönen guten Morgen, Mr. America. Für einen angeblich Schwerverletzten legst du ja ein ordentliches Tempo vor.«

»Solange ich nicht sitzen muss, geht's mir blendend«, sagte Bruce und richtete sich wieder auf. »Aber was ist mit dir? Du siehst gar nicht gut aus, wenn ich das mal so sagen darf. Hast du gestern noch ein Fass aufgemacht?«

»Ich habe nicht viel geschlafen«, sagte Schröck.

»Damenbesuch?«

»So etwas in der Art.«

»Okay, das kannst du mir auch alles gleich beim Frühstück erzählen. Aber jetzt muss ich erst mal unter die Dusche«, sagte Bruce und sprang behände durch die offene Tür ins Haus.

Schröck saß schweigend bei seiner Tasse Kaffee und schaute Bruce dabei zu, wie er die dritte Portion Ei mit Speck verdrückte.

»War sie aus der Gegend?«, fragte Bruce und schob seinen Teller zur Seite.

»Wer? Ach, du meinst die Frau von gestern? Nein, sie ist aus München.«

Bruce grinste süffisant.

»Aber es ist nicht so, wie du denkst«, sagte Schröck sofort.

»Nein? Wie ist es denn dann?«, fragte Bruce und schnitt eine Grimasse.

»Es hat mit dem Fall zu tun. Sie hat mir eine Nachricht im Hotel hinterlassen, sie wolle sich mit mir treffen, um über die Explosion zu sprechen.«

»Sieh mal einer an. Aber woher wusste sie denn, wer du bist und wo du untergekommen bist?«

»Das hat sie mir nicht verraten.«

»Ein steiler Zahn?«

»Ja, das auch«, sagte Schröck. »Wie auch immer, sie hat behauptet, dass Schultes Ableben kein Unfall war. Ich soll mir die Sache genauer ansehen.«

»Hat dein Date denn schon mit der Polizei gesprochen?«

»Nein, sie befürchtet, dass sie dann die Nächste ist, die dran glauben muss. Und so, wie sie auf mich wirkte, hat sie wirklich Angst, dass ihr etwas zustoßen könnte.«

»Lass mich raten: Du sollst sie beschützen?«

»Quatsch!«

»Bist du eigentlich verheiratet?«, fragte Bruce unvermittelt.

»Ich war es mal. Warum?«

»Hast du Kinder?«, fragte Bruce unbeirrt weiter.

»Ja, eine Tochter. Enkel habe ich auch schon. Was soll deine Fragerei?«

»Eine feste Freundin?«

»Ja.«

»Aber ihr wohnt nicht zusammen, oder?«

»Genau, Mr. Profiler. Und damit du wirklich alles über mich weißt: Ich habe auch eine fast siebzigjährige Haushälterin, einen Kater, der mir zugelaufen ist, und eine ausgeprägte Aversion gegen Brokkoli, übrigens genauso wie euer früherer Präsident Reagan, und trotzdem bin ich kein Republikaner.«

»Und wo ist deine Freundin jetzt?«

»Sie steht wie du auf Berge. Zurzeit ist sie mit ein paar Freunden wandern.«

»Und das passt dir nicht?«

»Na ja«, Schröck verzog das Gesicht, »eigentlich ist es mir egal, solange ich nicht mitmuss. Aber diesmal ist dieser alte Studienkollege mit von der Partie, und ... Warum erzähle ich dir das eigentlich?«

Bruce verschränkte die Hände hinter dem Nacken und grinste. »Ich bin gut, nicht wahr?«

»Du bist eine Nervensäge. Ich sollte mir ernsthaft überlegen, ob ich dich überhaupt noch länger in den Fall einweihe.«

»Jetzt mach mal halblang. Du brauchst mich. Ich habe einen Collegeabschluss in Forensik, unzählige Tatorte gesehen und bin –«

»Überdies ein ziemlich von sich selbst überzeugter Ami«, ergänzte Schröck lachend.

»Ich bin Afroamerikaner«, sagte Bruce stolz.

»Siehst du, was soll das jetzt schon wieder? Mir ist es egal, ob jemand schwarz, gelb, rot oder grün ist.«

»Schon klar. Ich dachte auch nicht, dass du ein Rassistenarsch bist. Aber hast du dir schon mal Gedanken darüber gemacht, dass wir Afroamerikaner bei all dem Leid, das unsere Vorfahren erdulden mussten, ziemlich ausgesiebt worden sind? Nur die Starken und Cleveren haben überlebt.«

»Du spielst auf Zuchtauslese an? Du hast ja einen kompletten Knall. Das Thema hatten wir hier schon mal, das ist gegessen. Apropos: Willst du vielleicht noch etwas essen? Du hast auf dem Büfett noch etwas übrig gelassen. Wenn du allerdings gesättigt bist, dann könnten wir jetzt nach Kitzbühel fahren und uns das Unglückshaus näher ansehen. Oder hast du noch ein paar Theorien auf Lager, die ich mir vorher unbedingt anhören sollte?«

»Schon gut, schon gut. Ich hole nur schnell meine Jacke, dann kann's losgehen. Hast du die Polizei schon wegen unserer Besichtigungstour vorgewarnt?«

»Nein, aber das mache ich, während du dich in Schale wirfst.«

»Bin gleich wieder da.« Bruce stand auf. »Ach, übrigens: Hat sich deine Liebste schon bei dir gemeldet, seit du hier bist?«

»Jetzt hau schon ab, sonst fahre ich wirklich noch ohne dich los!«, rief Schröck.

Bruce klatschte in die Hände und verließ den Raum.

Silvia hat wirklich noch nicht angerufen, dachte Schröck und zog sein Handy aus der Tasche. Es war das erste Mal, dass sie sich länger nicht gemeldet hatte. Ein verrückter Kerl, dieser Bruce, aber ziemlich clever.

Die beiden Männer bückten sich gemeinsam unter der Polizeiabsperrung hindurch und betraten durch eine Seitentür das Unglückshaus. Bei Schröcks Anruf hatte der Bezirkskommandant gesagt, dass sie keinen besseren Zeitpunkt hätten erwischen können, die Statiker hatten die Wohnung erst am Morgen wieder zur Begehung freigegeben.

Vor dem Eingang zu Schultes Wohnung oder dem, was davon noch übrig war, empfing sie ein Uniformierter. Schröck zeigte ihm seinen Ausweis, und der Beamte ließ sie nach dem Hinweis, dass Bruce zu Schröck gehöre, ohne Weiteres passieren.

Ihnen bot sich ein Bild der Zerstörung. Wo früher zwei Fenster gewesen waren, fehlte auf einer Länge von etwa drei Metern die Hauswand, sodass man ungehindert bis weit in die Hinterstadt sehen konnte. Von hier konnte Schröck auch erkennen, dass die wertvollen Bleiglasfenster der Katharinenkirche Sprünge bekommen hatten und Teile der Fassade ebenfalls beschädigt worden waren. Die Decke des Raumes wurde bereits durch Eisenstützen abgesichert, und vor dem riesigen Loch waren Baugitter angebracht worden, die verhindern sollten, dass jemand dem Abgrund zu nahe kam.

Die Explosion hatte das Zimmer in eine gigantische Bratröhre verwandelt und die Wände anthrazitgrau gefärbt. Der Boden war mit Schutt und Glasscherben übersät. Die meisten waren verrußt, aber in einer Ecke des Raumes entdeckte Schröck Scherben, die in der Hitze geschmolzen waren und eine bläuliche Färbung angenommen hatten. Sie sahen aus wie kleine Schmuckstücke. Über der Stelle, wo der Gasherd gestanden hatte, war der Putz bis auf die Deckenträger verkohlt. Das Brandmuster an den Wänden sah aus, als hätte es jemand mit riesigen Fingern gezeichnet.

Auch Bruce wanderte im Zimmer herum, hob ein paar Splitter auf und etwas, das wie geschmolzenes Plastik aussah, roch daran und legte es behutsam wieder zurück.

Schröck identifizierte ein Stück Holz als Teil eines Stuhlbeins. Prüfend drehte er es nach allen Seiten, dann zog er sein

Smartphone aus der Tasche und machte davon und von der allgemeinen Zerstörung in der Wohnung mehrere Aufnahmen. Nach einer guten halben Stunde, in der sie von der Wand gefallene Bilder, Möbelreste, die Überbleibsel einer Stereoanlage und verschmorte Kleinteile untersuchten, gab Bruce Schröck mit einem Nicken zu verstehen, dass er fertig sei. Schröck hatte ebenfalls genug gesehen. Er bedankte sich bei dem Beamten, der während ihres Rundgangs auf dem Flur gewartet hatte, dann gingen sie auf die Straße und wechselten durch einen engen Gang an der Schmalseite des Hauses in die Vorderstadt hinüber. Seit sie die Wohnung verlassen hatten, hatte Bruce keine Silbe von sich gegeben. Stumm trottete er neben Schröck her und blickte starr geradeaus.

»Hast du schon eine Idee, was da oben passiert sein könnte?«, fragte Schröck nach einer Weile.

»Ich habe eine Theorie«, sagte Bruce gedehnt.

»Dann lass mich doch bitte an deinen Gedanken teilhaben. Ich kann die Relais in deinem Kopf bis zu mir klicken hören.«

»Hast du dir die Stelle angesehen, wo vorher der Tisch gestanden hat? Ein paar Meter weiter habe ich Glas gefunden, das in der Hitze geschmolzen ist. Manches davon war bläulich verfärbt. Und noch etwas ist mir aufgefallen: Die Explosion hatte zwar am Herd ihren Ausgangspunkt, ich vermute jedoch, dass es noch zwei weitere Detonationen gegeben hat. Ich habe leider nur die erste mitbekommen, dann bin ich bewusstlos geworden. Mich würde interessieren, was die Zeugen gehört haben, die du schon befragt hast.«

»Die meisten standen noch unter Schock und konnten sich an kaum etwas erinnern«, sagte Schröck. »Aber eine Frau, die unverletzt geblieben ist, hat tatsächlich davon gesprochen, dass es ein paarmal geknallt hätte. Worauf willst du hinaus?«

»Wenn ich zwei und zwei zusammenzähle, würde ich sagen, dass unser Toter in seiner Bude Ice gekocht hat.«

»Was?«

»Glass, Meth, Crystal, Methamphetamin. Was weiß denn ich, wie ihr das hier nennt«, sagte Bruce.

»Das würde natürlich einiges erklären«, sagte Schröck nachdenklich.

»Neben Ephedrin wird normalerweise noch Batteriesäure, Lampenöl, Abflussreiniger oder Frostschutzmittel daruntergemischt, bevor das Zeug gekocht wird und es schließlich kristallisiert. So wird die Wirkung erhöht. Das Gemisch ist höchst explosiv, und in einer Ecke des Zimmers hat es intensiv nach gekochtem Glykol gerochen.«

Bruce hatte recht. Schröck kannte den Geruch. Von Zeit zu Zeit streikte der Motorlüfter seines Wagens, das Wasser begann zu kochen, der Flüssigkeitsbehälter lief über, und die Kühlflüssigkeit verdampfte am brennend heißen Motorblock. Den süßlichen Gestank, der dabei entstand, konnte man so leicht nicht vergessen.

»Ich glaube, dass der Kerl im großen Stil gekocht hat«, fuhr Bruce fort. »Er hatte seine Chemikalien in Plastikkanistern gelagert. Wahrscheinlich hat das Zeug, das in ihnen war, die zweite Explosion ausgelöst.«

»Und die dritte?«

»Die hat unter dem Tisch stattgefunden. Darauf lassen auch die Glassplitter in der Ecke schließen. Erst hat die Druckwelle den Tisch leer gefegt, dann ist es der Propangasflasche, die unter ihm stand, zu heiß geworden, und sie ist in die Luft geflogen. In der Regel verwendet man in einem Drogenlabor Propangas.« Bruce kratzte sich nachdenklich am Ohr, eine Angewohnheit, die Schröck schon ein paarmal bei ihm aufgefallen war. War er etwa unsicher? »Allerdings habe ich nirgendwo Gasbehälter gesehen. Die hätten zwar auch in die Luft fliegen müssen, weil die Sicherheitsventile bei über hundert Grad dem Druck nicht mehr standgehalten hätten, sind aber aus Stahl und dürften sich also nicht einfach in Luft auflösen.«

»Wäre es nicht möglich, dass das Ding mitsamt der halben Mauer auf der Straße gelandet ist?«, fragte Schröck.

»Stimmt«, sagte Bruce. »So muss es gewesen sein.«

»Ich muss schon sagen, es spricht einiges für deine Drogentheorie. Den Unterlagen nach hat der Tote früher Chemie studiert, was ihn auch fachlich qualifizieren würde«, sagte Schröck.

»Um Ice zu kochen, braucht man kein Studium. Jeder, der mit einem Chemiekasten umgehen kann, kann sich sein Meth selbst herstellen. Zwar nur in kleinen Mengen, aber das genügt den meisten. Zehn bis fünfzehn Milligramm reichen aus, um sich für einen halben Tag aus der Realität zu verabschieden. Und wenn man das Zeug in Partypillen mischt, braucht man noch weniger. Bei mir zu Hause macht das Dreckzeug ziemlichen Ärger.«

»Bei einer chemischen Analyse der Scherben und von dem, was vom Tisch noch übrig ist, würde man die Droge doch nachweisen können, nicht wahr?«, fragte Schröck.

»Da mach dir mal keine Hoffnungen. Einige Bestandteile schon, nicht aber das Ephedrin. Die Meth-Köche extrahieren Pseudo-Ephedrin aus Erkältungs- oder Schlankheitspillen. Die sind bei uns nur mit Rezept zu bekommen, hier vermutlich auch. Das Ephedrin sollte bei der großen Hitze allerdings einfach verpufft sein. Außerdem wird wohl keiner so dumm sein, die leeren Pillenschachteln im Hausmüll zu entsorgen. Ohnehin ist die Abfallentsorgung ein Problem. Bei der Herstellung von einem Pfund Methamphetamin fallen fünf Pfund Giftmüll an, und das Gemisch, das beim Kochen entsteht, ist hochexplosiv. Ein wenig Unachtsamkeit mit dem Gas, als er sich sein Süppchen am Herd zubereitet hat, und schon hat's gebumst. Für mich hat sich der Junge selbst in die Luft gejagt«, sagte Bruce.

»Darin bin ich allerdings nicht deiner Meinung«, erwiderte Schröck. »Komm mit.«

»Wohin willst du denn jetzt schon wieder? Ich habe Hunger«, sagte Bruce etwas genervt.

»Hunger? Aber du hast doch grad erst gefrühstückt.« Schröck starrte ihn entgeistert an.

»Ich habe eben viel nachzuholen.«

»Okay, wir besorgen uns was zu essen, aber nicht hier in Kitzbühel. Ich sagte ja schon, dass es nicht gut ist, wenn man uns zusammen durch die Stadt laufen sieht. Wir fahren ein Stück raus.«

Schröck hatte seinen Wagen auf dem Hornbahn-Parkplatz abgestellt. Den Tipp hatte ihm die freundliche Rezeptionistin vom Hotel gegeben. In der Tiefgarage schräg gegenüber, die eigentlich zur Wirtschaftskammer gehörte, kostete der Abstellplatz achtzehn Euro pro Tag, ein Posten, der sicher wieder Schwierigkeiten bei der Spesenabrechnung gemacht hätte.

»Wieso zweifelst du eigentlich an meiner Theorie, dass sich der Kerl selbst in die Luft gejagt hat?«, fragte Bruce, als sie den Wagen erreicht hatten.

Schröck holte wortlos sein Telefon aus der Tasche und hielt ihm die Aufnahme des Holzstücks, das er gefunden hatte, unter die Nase.

»Was ist das?«

»Das ist ein Teil eines Stuhlbeins, wie am metallenen Möbelgleiter zu erkennen ist. Siehst du den hellen Strich da?« Er zog den Bildausschnitt auf dem Display größer. »Der ist genau auf der Höhe, in der man die Beine von jemandem fesseln würde.«

Bruce riss die Augen auf. *»A cable zip wire!«*

»Wenn das auf Deutsch Kabelbinder heißt, sind wir einer Meinung«, sagte Schröck.

»So muss es gewesen sein. Die haben ihn an den Stuhl gefesselt und ihn dann abgefackelt. Dann war es also doch Mord!«, rief Bruce. »Was wirst du jetzt tun?«

»Das muss ich mir erst überlegen«, sagte Schröck.

14

»Ich geh noch schnell mit Titus raus!«, rief Lena und warf sich ihren Parka über, während der Schäferhundrüde schon ungeduldig vor dem Ausgang hin und her lief. Lena hielt es in ihrem Zimmer nicht mehr länger aus. Sie wartete nicht ab, bis ihre Mutter aus der Küche antwortete, sondern öffnete schon die Tür.

Titus stürmte in die Dämmerung hinaus, lief ein Stück, kam, als Lena nach ihm pfiff, sofort wieder zurück und trottete an ihrer Seite den Waldweg hinunter. Die Aussicht, dass morgen, wenn sie bei der Polizei gewesen war, alles anders sein würde, ließ sie nicht zur Ruhe kommen. Es war zum Heulen. Sie gab Justin keine Schuld an der Misere, sie hatte sich das alles ja selbst zuzuschreiben. Es war einfach zu verlockend gewesen. Innerlich hatte sich Lena immer dagegen gewehrt, das brave, bescheidene Mädchen vom Lande zu sein, was von ihr erwartet wurde, und Justin und seine Freunde bewundert, die sich so selbstsicher bewegten, wenn sie teure Lokale besuchten. Dann unterhielten sie sich über ferne Länder und Städte, die sie nur aus Filmen kannte. »Das Feuerzeug habe ich mir im Duty-free-Shop in Dubai gekauft. Die Jacke beim Zwischenstopp am Flughafen von Hongkong.« Von einem solchen Leben hatte Lena immer geträumt, und Justin hatte versprochen, ihr die Welt zu zeigen. Er hatte einen Plan gehabt: Noch ein, zwei Jahre hatte er ordentlich verdienen und sich dann zur Ruhe setzen wollen.

»Und dich nehme ich mit«, hatte er gesagt, und es hatte immer ehrlich geklungen. Dennoch hatte sie nie gewagt, daran zu glauben, hatte nur gelächelt und gesagt: »Schön wär's.« Nur wenn er Lena die kleinen weißen Kristalle gegeben hatte, hatte sie sich gefühlt, als wäre alles möglich, dann war sie sicher, dass alles wahr werden würde, wenn sie nur daran glaubte.

Justin hatte einige der Sprösslinge der alteingesessenen Familien mit Meth versorgt und dabei nicht wenig verdient.

Dennoch hätte der Verdienst bei seinem Lebensstil niemals für eine sorgenfreie Zukunft gereicht. Erst als Lena Justins Papiere gelesen hatte, war ihr klar geworden, dass das, was er mit dem Meth-Handel hier in Kitzbühel verdient hatte, nur Peanuts für ihn gewesen waren.

Erst nach seinem Tod hatte sie realisiert, dass Justin Meth im großen Stil vertrieben hatte. Und die Leute, die Justin in seinem Brief an sie erwähnt hatte, hatten ihn auf dem Gewissen, das wusste Lena jetzt. Justin hatte genau aufgeschrieben, wen er beliefert hatte, und vor allem, was mit dem Zeug weiter passiert war. Nie und nimmer wäre Lena auf den Gedanken gekommen, dass jemand so etwas tat. Aber wer so skrupellos war, hatte sicher auch keine Hemmungen, Menschen umzubringen. Nur warum gerade jetzt? Was war zwischen diesen Leuten und Justin vorgefallen? Hatte er Bedenken bekommen, hatte er aussteigen wollen?

Plötzlich hielt Titus inne, legte die Ohren an und drehte den Kopf nach hinten. Lena zerrte an seiner Leine, aber der Hund rührte sich nicht von der Stelle. Vermutlich hat er Wild gewittert, dachte Lena. Großvater hatte Titus darauf abgerichtet. Sie folgte seinem Blick, konnte aber nichts entdecken. Da war nur Wald. Als Lena noch einmal länger in die Dunkelheit starrte, schienen sich die alten Bäume höher in den Himmel zu strecken, und die Äste des Unterholzes verschmolzen zu Gesichtern.

»Komm jetzt, Titus. Aus!«, rief Lena. Sie wollte den Hund am Halsband wegzerren, als sie ein Motorengeräusch hörte und gleich darauf von einem Scheinwerfer geblendet wurde, aber Titus drehte sich von ihr weg. Der Wagen kam rasch näher. Steine flogen durch die Luft, der Hund winselte und machte einen Satz zur Seite. Das Auto hielt auf Lenas Höhe an, und die rechte Seitenscheibe glitt nach unten.

»He, Lena!«, rief eine vertraute Stimme. »Was geht?«

»Mein Gott, Basti, hast du mich erschreckt.«

»Tut mir leid«, sagte Bastian Lehner und zog eine Schnute.

Bastis Vater war Eigentümer einer großen Handelskette mit

Sitz in München und besaß seit etlichen Jahren einen alten Gutshof etwas außerhalb von Kitzbühel. Neben ihm, am Steuer seines schwarzen Cayenne, saß Clemens Holzer. Seinem Vater gehörte eine Reihe von Autohäusern in Deutschland und ebenfalls ein Haus in Kitz.

»Wie geht's dir?«, fragte Basti. »Ich meine, nach dem, was mit Justin passiert ist.«

Lena zuckte mit den Schultern. »Wie soll es mir schon gehen? Scheiße.«

»Ja, uns auch. Kein Mensch versteht, warum er sich selbst das Licht ausgeblasen hat.«

»Justin hat sich nicht umgebracht«, sagte Lena trotzig.

»Klar, wahrscheinlich ist ihm seine Suppenküche um die Ohren geflogen. Ich hab nicht viel Ahnung davon, aber ich habe gehört, dass das Zeug, das man zum Kochen braucht, ziemlich leicht hochgeht. Lass dir keine grauen Haare wachsen, Lena. Du bist noch jung, und eine andere Mutter hat auch einen schönen Sohn. Du verstehst?« Er lachte gespreizt.

Lena hasste Basti, und das war nicht erst seit Kurzem so. Der kleine schmierige Typ, der sie immer schon, wenn Justin nicht in Hörweite gewesen war, mit seinem anzüglichen Geschwätz belästigt hatte, grunzte, während er lachte, und sie verspürte große Lust, ihm sein blödes Grinsen aus dem Gesicht zu schlagen. Doch sie schwieg.

»Hast du was?«, rief jetzt Clemens aus dem Wageninneren.

»Nein, der Typ nervt mich nur«, sagte Lena.

Clemens öffnete die Tür und stieg aus. Sein Gesicht war blass und schmal, die Augen schimmerten dunkel, und in seinem Blick lag etwas Irres. »Das habe ich nicht gemeint. Wir bräuchten ein bisschen Meth, und jetzt, wo Justin nicht mehr ist … Ich bin zwar an einer Quelle in Tschechien dran, aber bis da was läuft, dauert es noch. Justins Zeug war erste Sahne, da wird der Stoff der Tschechen nie rankommen, aber in der Not frisst der Teufel Fliegen.« Clemens lehnte sich an das Auto und scharrte nervös mit dem Fuß in der weichen Walderde. »Justin hat dir doch sicher etwas gegeben, oder sollte ich besser sagen, er hat dir etwas hinterlassen? Wir wissen, dass er dich immer versorgt hat und dabei nicht knauserig war. Du kannst uns doch sicher aushelfen, oder? Wir brauchen nicht viel, du bekommst es auch zurück, und später sorgen wir dafür, dass du auch etwas von dem Zeug abkriegst, das uns Jiří besorgt.«

»Justin hat mir gar nichts gegeben, und ich will auch nichts mehr«, stieß Lena aus. Plötzlich war sie wieder den Tränen nahe. Titus hob den Kopf und schaute sie an. Dann begann er, in Richtung der Jungs zu knurren.

»Halt bloß den Köter fest!«, rief Clemens nervös.

»Ich glaube, die Kleine hat uns nicht verstanden«, sagte Basti, riss die Autotür auf und sprang heraus.

»Du hast noch etwas, willst uns aber nichts abgeben.« Langsam ging Clemens auf Lena zu. »Du willst doch nicht wie Justin enden, oder?«

Sie wich zurück, ihr rechtes Bein verfing sich im Gestrüpp. Sie wollte sich befreien, trat mit dem linken Fuß auf etwas, was unter ihrem Fuß wegrutschte, taumelte, verlor das Gleichgewicht und fiel. Ihr Hinterkopf schlug hart gegen einen Baumstamm. Wie durch einen dichten Nebel sah sie Titus seine Zähne in Clemens' Oberschenkel schlagen, der vor Schmerz aufschrie. Sie hörte den Motor des Wagens aufheulen und Basti, der hysterisch brüllte: »Schnell, schnell, steig ein!« Dann war es wieder ruhig. Nur Titus war noch bei ihr, seine Zunge war warm an ihrer Hand. Du willst doch nicht wie Justin enden, oder?, hatte Clemens gesagt. Was, wenn Basti und Clemens etwas mit Justins Tod zu tun hatten? Ein kalter Schauer lief Lena über den Rücken, dann wurde die Welt um sie herum schwarz.

15

»Die Indizien sind eindeutig, und ich bin sicher, dass Ihre Spurensicherung zur selben Ansicht kommen wird wie ich. Der Tod von Gustav Schulte war kein Unfall«, beendete Schröck seinen Bericht.

Der Oberstleutnant machte ein Gesicht, als hätte er in eine Zitrone gebissen. »Ein Methamphetamin-Labor mitten im Zentrum von Kitzbühel? Also, ich weiß ja nicht.«

Schröck lehnte sich in seinem Stuhl zurück. »Kann sein, dass es unwahrscheinlich klingt, aber in meiner Dienstzeit habe ich schon unglaublichere Dinge erlebt. Und an dem Stück Holz von dem Stuhl sind eindeutige Spuren eines verbrannten Kabelbinders zu sehen. Selbst auf dem Foto ist das gut zu erkennen.«

»Ja, das habe ich gesehen«, sagte der Polizist, vermied aber Schröcks Blick. »Trotzdem ist das noch lange kein Beweis dafür, dass Gustav Schulte ermordet wurde.«

»Und was ist mit den Scherben, den Spuren von verbrannten Plastikkanistern? Sind das auch keine Beweise für Sie?«

Für einen Bezirkskommandanten war der Mann noch sehr jung, keine fünfundvierzig. Er hatte kurzes dunkles Haar, ein korrektes Auftreten und machte in seiner schmucken Uniform eine gute Figur. Ein richtiger Vorzeigepolizist, dachte Schröck.

Der Oberstleutnant erhob sich und trat zu dem Aktenschrank in der Ecke. Er kehrte Schröck den Rücken zu, als er sagte: »Herr Schröck, ich bin sicher, dass Ihre Beobachtungen in die Ermittlungen einfließen werden, doch damit habe ich nichts mehr zu tun. Die Kollegen aus Wien kümmern sich jetzt höchstpersönlich darum. Am Nachmittag erwarten wir ein Team aus dem Innenministerium, das die Untersuchungen weiterführen wird. Ihr Staatssekretär Schulte ist ein wichtiger Mann, und sein Sohn war unbescholten. Selbst wenn ich so wie Sie der Meinung wäre, dass der Tod des jungen Mannes auf Fremdverschulden zurückzuführen ist und seine Stadtwohnung eine Drogenküche war, was übrigens für den Ruf von Kitzbühel so knapp vor der Skisaison eine Katastrophe bedeuten würde, selbst wenn also das alles der Fall wäre, könnte ich Ihnen beim besten Willen nicht helfen. Der Fall ist mir sozusagen entzogen worden. Und ehrlich gesagt bin ich nicht gerade traurig darüber.«

Schröck nickte. Er konnte sich vorstellen, welcher Stein dem Mann vom Herzen gefallen war. So lange hatte er seine Position noch nicht inne, und Fälle wie dieser konnten einer steilen Karriere ein jähes Ende bereiten.

»Nun, ich wollte Sie nur informieren. Schade, dass Sie mir nicht mehr helfen können«, sagte Schröck und stand auf.

»Wie werden Sie jetzt vorgehen? Ich kann gerne eine Verbindung zu den Kollegen aus Wien herstellen.« Der Oberstleutnant klang jetzt kleinlaut.

»Ich werde weiterermitteln, meinem Auftrag nachkommen, so gut es geht, und mich genauso verhalten wie jeder andere verantwortungsvolle Polizist auch.«

Der Oberstleutnant senkte den Kopf.

»Außerdem glaube ich nicht, dass es zielführend ist, wenn ich mit den anderen Ermittlern rede«, fuhr Schröck fort. »Sollten die Leute vom Innenministerium aber zu denselben Erkenntnissen kommen wie ich, dann werde ich das über meine Dienststelle erfahren.«

Schröck hoffte, einigermaßen überzeugend gewirkt zu haben, denn Heinrich hatte sich noch immer nicht bei ihm gemeldet. Er reichte dem Oberstleutnant die Hand. »Ich wünsche Ihnen alles Gute. Es ist kein leichter Job, wenn man zwischen den Stühlen steht.«

»Ich hoffe, ich habe Sie nicht allzu sehr verärgert, aber mir sind schlichtweg die Hände gebunden«, sagte der Oberstleutnant, und sein Händedruck zum Abschied war bei Weitem nicht mehr so fest wie bei ihrer Begrüßung.

Schröck war wütend. Aber nicht nur wegen des Oberstleutnants.

Als er wieder mit Bruce im Wagen saß, machte er seinem Ärger Luft. »Verdammtes Gesocks!«, rief er.

»Ist wohl nicht so toll gelaufen?« Bruce verzog das Gesicht.

»Kann man wohl so sagen«, gab Schröck zurück und schaltete den Scheibenwischer ein.

»Willst du darüber reden?«, fragte Bruce, nachdem sie ein paar Minuten schweigend gefahren waren.

Schröck nickte und erzählte ihm alles.

»So wie bei uns«, sagte Bruce, als Schröck geendet hatte. »Die Leute da oben lassen sich nur ungern ans Bein pinkeln.« Bruce kratzte sich am Kopf. »Aber du hast doch gesagt, dass Schulte senior an der lückenlosen Aufklärung des Todes seines Sohnes interessiert ist. Wie passt das alles dann zusammen?«

»Vielleicht gibt es da ja noch jemanden, der das genaue Gegenteil will«, sagte Schröck und schaltete, um den vor ihm fahrenden Traktor zu überholen.

»Gemach, gemach. Ich will nicht zu Fuß nach St. Johann zurückgehen müssen, weil dein Oldtimer wegen schlechter Behandlung schlappmacht.«

»Keine Sorge. Und wer sagt überhaupt, dass wir nach St. Johann fahren?«

Bruce, der bisher wie ein Sack auf seinem Sitz mehr gelegen denn gesessen hatte, richtete sich grinsend auf. »Du hast einen Plan? Willst du mich nicht einweihen?«

»Aber gerne doch. Wir werden jetzt ein wenig das persönliche Umfeld vom jungen Schulte unter die Lupe nehmen. Aber dazu muss ich erst mal in mein Hotel zurück. Ich würde mich wirklich wundern, wenn mir das aufmerksame Personal keinen Tipp geben könnte, wo sich die jungen Leutchen in Kitzbühel so ihre Zeit vertreiben. Dich muss ich zwischenzeitlich irgendwo absetzen, damit man uns nicht zusammen sieht.«

»Okay, aber wenn ich einen Wunsch äußern dürfte, dann bitte in einem Speiselokal, wie wir das vorhatten. Das Abendessen gestern war nicht so üppig, und mein Frühstück habe ich auch schon seit einigen Stunden verdaut.«

»Wie du willst«, sagte Schröck und lenkte den Wagen in die Josef-Pirchl-Straße.

16

Auf dem Weg vom Parkplatz der Hornbahn zum Hotel überlegte Schröck, wie er es schaffen sollte, Schultes Freunde ausfindig zu machen, wenn er weder die richtigen Lokale kannte noch wusste, nach wem er eigentlich suchte. Aber er hatte richtig vermutet: Die Rezeptionistin konnte ihm auch diesbezüglich helfen.

Nachdem er sein Anliegen stotternd hervorgebracht hatte, winkte die Frau lächelnd ab. In einem gehobenen Hotel wie diesem hatte man Verständnis für Fragen jeglicher Natur.

»Wenn die Herrschaften, nach denen Sie suchen, das exklusivere Nachtleben bevorzugen, sind Sie in unserem Night Club an der richtigen Adresse. Unser Personal wird sich sicher gern um Sie kümmern.« Sie warf einen Blick auf die Wanduhr, die hinter ihr hing. »Sie könnten sogar gleich hinübergehen. Das Servicepersonal ist schon da, und am Abend ist zumeist so viel Betrieb, dass die Kollegen wenig Zeit für eine Unterhaltung haben.«

Schröck bedankte sich und folgte den Schildern im Foyer.

Noch war das Lokal hell erleuchtet. Zwei Kellner machten sich an den Tischen zu schaffen, eine Putzfrau wischte den Boden, eine andere schrubbte die Marmorplatte der Bar. Schröck hatte noch nie zuvor einen so großen Nachtklub gesehen. Die Sitzgruppen verteilten sich auf mehrere Ebenen, es gab eine große Tanzfläche, und hoch über allem zog sich ein Holzbalkon an der Wand entlang.

Als einer der Kellner Schröck bemerkte, kam er sogleich auf ihn zu und fragte, ob er ihm behilflich sein könne. Der Mann war ungefähr dreißig, also etwa im selben Alter wie Schulte.

»Ich bin auf der Suche nach den Freunden von Gustav Schulte, dem jungen Mann, der so tragisch ums Leben gekommen ist«, sagte Schröck ohne Umschweife zu ihm.

»Gustav Schulte? Ach, Sie meinen den Justin. Ja, ein tragischer Unfall. Er war oft hier. Sind Sie von der Polizei?«

»Um Himmels willen, nein. Sein Vater schickt mich. Ich soll mich mit seinen engsten Freunden in Verbindung setzen. Keine Ahnung, warum, vielleicht hat er ihnen etwas hinterlassen«, log Schröck.

»Er hatte immer eine Menge Leute um sich. Da war einmal seine Freundin, so ein junges Mädchen von hier. Ihr Vater bewirtschaftet in der Nähe einen Bauernhof. Ich glaube, sie heißt Lena. Und dann die zwei Münchner, die um ihn herumgeschwirrt sind, aber deren Namen wollen mir gerade nicht einfallen.« Er schaute Schröck auffordernd an.

Es dauerte einen Moment, bis dieser begriff, was die Gedächtnisschwäche des Mannes beheben könnte. Er zog sein Portemonnaie heraus und drückte dem Kellner zwanzig Euro in die Hand.

Der Mann machte ein trauriges Gesicht, das sich erst wieder aufhellte, nachdem Schröck zwei weitere Scheine dazugelegt hatte. »Also gut. Justin war sehr großzügig, was man nicht von all unseren Stammgästen behaupten kann. Den Nachnamen seiner Kleinen kenne ich nicht, aber die anderen zwei heißen Clemens Holzer und Bastian Lehner. Beide sind aus München und von Beruf aus Sohn, wie mir scheint. Sie hängen die meiste Zeit in Kitz ab, Geld dürfte also keine Rolle spielen. Erst vorgestern haben sie es ziemlich krachen lassen, aber sie hatten auch eine tolle Frau dabei, die eigentlich nicht in ihr Beuteschema passt.«

Schröck wurde hellhörig.

»War die Frau etwa eins vierundsiebzig groß, sportlich gebaut, dunkles Haar, Mitte zwanzig bis vierzig Jahre alt, elegant gekleidet?« Er tippte auf Eva Zehmann, die geheimnisvolle Frau, die ihn ins »Centro« gebeten hatte.

»Ja, genau so sah sie aus«, sagte der Kellner.

Schröck bat ihn, ihm die beiden Freunde von Justin zu beschreiben, was der Mann ausführlich tat. »Außerdem fährt Clemens einen schwarzen Porsche Cayenne, das neueste Modell.

Der Wagen trägt ein Münchner Nummernschild. Untertags hängt er mit seinem Freund meistens in irgendeinem Kaffeehaus ab.«

»Wissen Sie, wo die beiden wohnen?«, fragte Schröck.

»Das ist kein Geheimnis. Ein paar Kilometer Richtung Münichau. Jeder dort kann Ihnen sagen, wo die Häuser ihrer Eltern stehen.«

Schröck bedankte sich. »Ist Ihnen vielleicht noch bekannt, ob die beiden auch einen Hang zu etwas Handfesterem als Alkohol haben?«, fragte er noch schnell, als sich der Kellner schon wieder zum Gehen wendete.

»Also sind Sie doch von der Polizei?« Der Mann wirkte auf einmal ziemlich nervös.

»Bin ich nicht. Also: Haben Sie etwas in der Richtung bemerkt?«, fragte Schröck.

»Nein, nichts. Und jetzt muss ich wieder an meine Arbeit.«

Schröck ließ es gut sein. Der Kellner hatte ihm mehr gesagt, als er gehofft hatte. Aber wie passte Eva Zehmann ins Bild?

Auf dem Weg nach Münichau hielt Schröck kurz an, um nach dem Weg zu fragen, und erhielt von zwei Golfern, die mit ihren Wägelchen am Straßenrand dahinzuckelten, prompt eine detaillierte Beschreibung, wie er auf schnellstem Weg zu den gesuchten Anwesen käme. Der Regen hatte schon länger aufgehört, als er durch ein kleines Waldstück fuhr, prasselten nur noch ein paar schwere Tropfen von den Bäumen auf die Windschutzscheibe seines Wagens. Doch als das dumpfe Knallen auch dann nicht aufhörte, als er das Waldstück längst hinter sich gelassen hatte, hielt er an und ließ die Seitenscheibe herunter. Das Geräusch stammte nicht von Regentropfen, sondern eindeutig von Schüssen. Erst dachte Schröck, dass eine Jagd im Gang sei, aber dafür erklang das Knallen in zu regelmäßigen Abständen. An einer Abzweigung lenkte er den Passat auf einen unbefestigten Weg und holperte etwa zehn Minuten in Schritttempo über die ausgewaschene Piste. Die Schüsse wurden immer lauter, dazu gesellte sich ein seltsames Zischen. Schröck fuhr weiter, bis er zwei Männer erblickte. Einer stand unweit eines Apparats, von dem ein dickes schwarzes Kabel zu einem Porsche Cayenne führte, der andere hielt ein Gewehr im Anschlag. Er brüllte *»Pull!«*, woraufhin eine orangefarbene Scheibe aus dem Gerät zischte und kurz darauf ein Schuss ertönte. Die Tontaube beschrieb eine Parabel und verschwand unversehrt in einem weitläufigen Wiesenstück.

»Verdammte Scheiße!«, brüllte der Schütze. »Dreißig zu vier.«

Schröck parkte seinen Wagen ein paar Meter hinter dem Cayenne und stieg aus. »Na, wie läuft's denn?«, fragte er leutselig.

»Könnte besser sein«, antwortete der Größere von beiden, dessen Gesicht auffällig blass wirkte.

»Ich hab das noch nie versucht, dürfte aber nicht einfach sein«, fuhr Schröck im Plauderton fort.

»Ist es auch nicht. Das hier ist übrigens Privatbesitz. Es ist nicht ungefährlich, wenn Sie sich hier aufhalten, während wir schießen.«

»Ich bin auf der Suche nach zwei jungen Männern«, Schröck warf einen Blick zum Porsche hinüber, »aber ich denke, ich habe sie soeben gefunden. Sie sind doch Bastian Lehner und Clemens Holzer?«

»Ja, sind wir«, antwortete Clemens und warf Schröck einen argwöhnischen Blick zu.

»Wunderbar. Dann haben Sie sicher nichts dagegen, wenn ich Ihnen ein paar Fragen stelle. Aber vorher legen Sie doch bitte die Waffe weg.«

Clemens Holzer humpelte zu seinem Wagen und lehnte das Gewehr an. »Sind Sie von der Polizei?«, fragte er, während er es vermied, Schröck anzusehen.

»Wieso denken Sie, dass sich die Polizei für Sie interessiert?«

Clemens Holzer warf einen Blick auf das Nummernschild von Schröcks Wagen und baute sich vor ihm auf.

»Wenn Sie nicht von der Polizei sind, bitte ich Sie, das Gelände sofort zu verlassen. Wie gesagt, Sie befinden sich auf Privatbesitz.«

Die arrogante Art des reichen Söhnchens nervte Schröck. Es war Zeit, ein wenig auf den Busch zu klopfen. »An Ihrer Stelle würde ich keine so großen Töne spucken. Es geht schließlich um Mord«, sagte er scharf.

Clemens Holzer wollte etwas entgegnen, doch Bastian Lehner, der sich inzwischen zu ihnen gesellt hatte, kam ihm zuvor. »Um Himmels willen, große Scheiße, ist sie tot?«, rief er hysterisch.

»Halt die Klappe!«, herrschte Clemens ihn an.

Schröck schwieg eine Weile, dann wandte er sich an Bastian Lehner. »Okay, wenn Sie sich Ärger ersparen wollen, dann sollten Sie jetzt mal schnell erzählen, was vorgefallen ist.«

»Und Sie sind nicht von der Polizei?«, fragte Clemens.

Schröck schüttelte den Kopf.

»Hat mein oder Bastis Vater Sie geschickt?«

Schröck zog die Achseln hoch und legte den Kopf schief. Eine Geste, die alles und nichts bedeuten konnte.

»Also gut. Wir haben uns gestern mit Lena, Justin Schultes Freundin, getroffen. Er war unser Kumpel. Sie haben sicher von dem Unglück gehört. Er ist mitsamt seiner Bude in die Luft geflogen.«

Schröck triumphierte innerlich, ließ sich jedoch nichts anmerken. »Und weiter?«

»Nun ja. Wir haben ein wenig gequatscht, ganz unverbindlich, und dann ist plötzlich Lenas blöder Köter auf mich losgegangen. Er hat mich in den Oberschenkel gebissen. Ich bin zur Seite gesprungen und dabei mit ihr zusammengestoßen. Sie hat das Gleichgewicht verloren und ist gestürzt. Dummerweise ist sie mit dem Hinterkopf auf einen Baumstamm oder -stumpf gefallen und hat sich nicht mehr bewegt. Wir haben Panik gekriegt und sind abgehauen. War doch so, Basti, oder?«

Bastian Lehner bestätigte das Gesagte mit einem Nicken, das aber keineswegs überzeugend ausfiel.

»Und Sie glauben, dass Lena …« Schröck machte eine Pause, als wäre ihm ihr Nachname entfallen.

»Bichler«, rief Basti schnell.

»Danke. Dass Lena Bichler also bei dem Sturz ums Leben gekommen ist?«

»Wir wissen es nicht. Jedenfalls hat sie sich nicht mehr gerührt«, sagte Clemens Holzer.

Schröck ging auf Holzer zu, bis nur noch eine flache Hand zwischen sie gepasst hätte, und tippte ihm mit dem Zeigefinger auf die Brust. »Und jetzt erzählen Sie mir, was wirklich passiert ist.«

Clemens' Gesicht, das ohnehin schon weiß wie ein Leintuch war, nahm eine bläuliche Färbung an. Er japste nach Luft. »Scheiße, Mann, es war ein Unfall! Das können Sie mir glauben.«

»Und die Sache mit Justin Schulte, war das auch ein Unfall?«

»Klar, der hat sich doch selbst in seiner Küche in die Luft gesprengt.«

»In seiner Küche, in der er Meth gekocht hat?«, fragte Schröck.

»Woher wissen Sie das?«

Schröck zog eine Augenbraue hoch und schaute Clemens Holzer dabei gelangweilt an.

»Sie sind ganz schön gut informiert, das muss man Ihnen lassen. Die Kocherei ist gefährlich, das weiß doch jeder. Aber was soll das überhaupt? Ich dachte, es geht um Lena?«

Schröck warf Clemens Holzer einen abschätzenden Blick zu. »Sie zwei verhalten sich jetzt erst mal ruhig. Kein Wort zu wem auch immer. Es sei denn, Sie wollen in den Knast. Ist das klar? Ich melde mich wieder. Und keine Eskapaden mehr!«

Die beiden nickten eingeschüchtert.

Schröck drehte sich auf dem Absatz um, stieg in seinen Wagen und fuhr los, ohne sich noch einmal umzusehen.

Als er außer Sichtweite war, zog er sein Telefon heraus, rief die Rezeptionistin seines Hotels an und erkundigte sich nach Lena Bichler. Nachdem er seinen Namen und Zimmernummer genannt und der Angestellten erklärt hatte, dass es sich bei der Gesuchten um eine junge Frau handelte, die vermutlich in der näheren Umgebung von Kitzbühel wohnte, bat sie ihn um ein wenig Geduld. Während der nächsten Minuten erklangen aus Schröcks Handy gedämpfte Geräusche, als diskutiere eine Gruppe von Leuten unter einer Bettdecke. Dann meldete sich die Frau vom Empfang wieder und nannte ihm die Adresse vom Reitlerhof. Schröck bedankte sich und gab die Daten in sein Navigationsgerät ein. Er hatte Glück. Der Bauernhof lag nur zehn Minuten von seinem momentanen Standort entfernt.

17

Der Mann in der grünen Lodenjacke wanderte unruhig im Zimmer auf und ab. Mit seinen schweren Lederstiefeln und seiner groben Cordhose passte er genauso wenig in den gediegen eingerichteten Raum wie ein Zuchtstier in einen Ballsaal. Seit einer halben Stunde wartete er nun schon auf das Erscheinen des Doktors. Er konnte ihn nicht leiden, diesen feinen Pinkel aus Wien, aber er zahlte gutes Geld, wenngleich er ihn jedes Mal wie einen Aussätzigen behandelte.

Als der Doktor endlich den Raum betrat, war er wie immer gekleidet, als käme er gerade von einem Staatsbankett. Und wie immer strebte er, ohne ihm die Hand zu reichen, mit beflissener Gewandtheit seinem Schreibtisch zu und ließ sich hinter ihm in seinem Ledersessel nieder. »Nehmen Sie bitte Platz, Herr Kofler.«

Kofler setzte sich.

»Nun, was können Sie mir berichten?«

Kofler war sich bewusst, dass er ein ziemlich dummes Gesicht machte. Wann immer er versuchte, besonders clever dreinzuschauen, entglitt ihm die Kontrolle über seine Mimik, und es passierte das genaue Gegenteil. Das war schon in der Schule so gewesen, wenn er wegen seiner zahlreichen Schlägereien zum Direktor zitiert worden war, und auch in der Folge vor Richtern, Gefängnisdirektoren und anderen Autoritätspersonen, die er nicht durch Prügel oder Ärgeres von seiner eigenen Bedeutsamkeit hatte überzeugen können.

Kofler hielt seine Hände im Schoß verschränkt und spürte, wie er zu schwitzen begann. Mit dem Doktor war nicht zu spaßen. Sein honoriges Aussehen war nur Fassade. Er war ein Hai, der alles verschlang, was ihm unter die Augen kam. Er kannte ihn nun schon seit mehr als zwanzig Jahren. Damals war er noch Strafverteidiger in Wien gewesen, Spezialgebiet: Tötungsdelikte.

Kofler hatte es von Tirol aus in die Bundeshauptstadt verschlagen, wo er sich mit Gelegenheitsjobs über Wasser hielt, bis er Leute kennenlernte, die ihn ins Rotlichtmilieu einführten. Anfangs lief alles bestens, er war ein gut aussehender junger Mann gewesen und hatte wenige Monate später mit Hilfe seiner zwielichtigen Förderer drei Mädchen rekrutiert, die für ihn anschafften. Als er jedoch einen zahlungsunwilligen Freier dermaßen verprügelte, dass dieser kurz darauf starb, sperrte man ihn ein. Der Doktor übernahm seine Verteidigung und erreichte mit Geschick, dass sich der Richter den von ihm vorgebrachten Milderungsgründen anschloss und das Strafausmaß überraschend moderat ausfiel. Natürlich war Kofler in den Knast gewandert, so wie auch später noch ein paar Male, aber es war auch eine lehrreiche Zeit gewesen. Das Leben im Gefängnis folgte seinen eigenen Gesetzen, die dem entsprachen, was man Kofler von Kindesbeinen an gelehrt hatte: Dem Stärkeren gehört die Welt. Und: Eine Hand wäscht die andere.

Jahre später hatte er den Doktor wiedergetroffen. Kofler war nach dem Tod seiner Eltern nach Kitzbühel zurückgekehrt, er bewohnte den alten verfallenen Bauernhof, den er als einziges Kind geerbt hatte. Inzwischen hatte der findige Doktor umgesattelt und war ins Immobiliengeschäft eingestiegen. Er hatte Liegenschaften, Häuser in der Innenstadt und Hotels angekauft, sie renovieren lassen und mit beträchtlichem Gewinn an deutsche Investoren verscherbelt. Nur die Leckerbissen hatte er für sich behalten. So war er Eigentümer von zwei Hotels, den angesagtesten Bars und Restaurants und gut einem Dutzend Büro- und Apartmenthäusern in Kitzbühel geworden. Er herrschte mit eiserner Faust in seinem Imperium und pflegte sein High-Society-Netzwerk voller Hingabe. Wer ihm in die Quere kam, tat besser daran, sich so schnell wie möglich aus dem Staub zu machen. Niemand hätte dem unscheinbaren kleinen Mann um die sechzig mit beginnender Glatze, der im grauen Anzug mit weiß-grau gestreifter Krawatte eher unauffällig wirkte, zugetraut, auch nur ein Wässerchen trüben zu können. Das einzig Verräterische an ihm waren seine stechenden wasserblauen Augen, denen nichts entging.

»Was ist jetzt, Kofler? Wollen Sie mir nicht erzählen, was Sie herausgefunden haben?«, riss ihn der Doktor aus seinen Gedanken.

»Entschuldigung. Ich habe diesen BND-Mann beschattet, wie Sie es mir aufgetragen haben. Er hat sich mit einer Frau im ›Centro‹ getroffen. Leider konnte ich nicht hören, worum es in ihrem Gespräch ging. Das Lokal war gut besucht, es war sehr laut.«

Der Doktor legte die Stirn in Falten. »Kennen wir die Dame?«, fragte er.

»Ich habe mich ein wenig umgehört. Sie kommt aus München, hat eine kleine Wohnung in Kitzbühel und betreibt eine Agentur zur Förderung von Sporttalenten, was auch immer man sich darunter vorzustellen hat.«

»Ich kümmere mich darum. Und weiter?«

»Ich bin Schröck nach St. Johann gefolgt, wo er sich mit einem Schwarzen getroffen hat. Die beiden haben über die Explosion gesprochen. Der Neg–« Kofler brach mitten im Satz ab, als ihn der tadelnde Blick seines Gegenübers traf. »Der Amerikaner wohnt beim ›Rainer‹. Der Kellner hat gesagt, er sei Kletterer und wolle sich ein paar Tage erholen, weil er in der Nähe war, als das Haus in die Luft geflogen ist.«

»Hat Schröck ihn als Zeugen befragt?«

»Ist gut möglich. Er hat heute auch schon im Nachtklub seines Hotels herumgeschnüffelt und sich nach Schultes Freunden erkundigt. Außerdem war er in der Wohnung.« Kofler hätte sich ohrfeigen können. Sein Bericht fiel alles andere als chronologisch aus und hinterließ bestimmt nicht gerade den Eindruck eines Profis.

Der Doktor faltete die Hände auf dem Schreibtisch und atmete tief durch. »Nun, ich denke, dass der gute Mann zu einem Problem für uns werden wird. Vermutlich hat er bereits herausgefunden, dass die Sache kein Unfall war.«

»Soll ich ihn …?«

»Nein, damit warten wir noch. Ich werde diesen Fall selbst in die Hand nehmen. Subtilere Methoden sind gefragt. Aber falls sich diese nicht als zielführend erweisen, komme ich gern auf Sie zurück, Kofler. Jetzt ist es an der Zeit, dass Sie sich um die eigentlichen Aufgaben kümmern, um die ich Sie gebeten habe. Sie können jederzeit loslegen. Und diesmal brauchen Sie auch nicht darauf zu achten, dass es wie ein Unglück aussieht. Haben wir uns verstanden?«

Kofler senkte den Blick. Er schämte sich dafür, bei Schulte so gepatzt zu haben.

»Wunderbar. Und sonst geht's gut?«, fragte der Doktor mit einem gewinnenden Lächeln. Von einem Moment zum anderen war er in einen unverbindlichen Plauderton verfallen. Als Kofler nickte, wünschte er ihm einen schönen Abend, ermahnte ihn, aufmerksam zu sein und ihn, falls sich etwas Neues ergäbe, sofort zu kontaktieren.

Kofler trottete aus dem Büro und kam sich wieder einmal vor wie ein Idiot.

18

Es war schon dunkel, als Schröck sein Hotelzimmer betrat. Er knipste das Licht an und warf seine Jacke über einen der teuren Fauteuils. Auf dem Reitlerhof hatte er nur Lenas Mutter angetroffen und sich ihr gegenüber als entfernter Verwandter von Gustav Schulte ausgegeben, der sich nach Lenas Befinden erkundigen wollte. Lenas Mutter war freundlich, aber ziemlich wortkarg gewesen. Sie hatte ihn gebeten, am nächsten Tag wiederzukommen, Lena sei schon seit dem Vormittag bei einer Freundin, sie wisse nicht, wann sie nach Hause kommen würde. Auf seine unbeholfenen Versuche, herauszufinden, ob sie unverletzt war, hatte die Frau erstaunt reagiert. Wenigstens wusste Schröck so, dass es Lena gut ging.

Er zog sich aus und ging unter die Dusche. Er hatte sich gerade sein Haar eingeschäumt, als das Mobiltelefon klingelte. Er tastete nach dem Badehandtuch, wischte sich hastig die Seife aus den Augen und lief klatschnass ins Schlafzimmer. Vermutlich Silvia. Es wurde aber auch langsam Zeit, dass sie sich meldete. Seine eigenen Versuche, sie zu erreichen, die er durchaus unternommen hatte, waren allesamt fehlgeschlagen. Wahrscheinlich der schlechte Empfang in den Bergen. Trotzdem wurde der Kloß in seinem Hals nicht kleiner, wenn er daran dachte, wie sie mit ihrem alten Studienkollegen durch die Botanik streifte. Er erreichte das Handy gerade noch, bevor sich die Mobilbox einschaltete.

»Ja? Schröck hier.«

»Michael?« Die Stimme war männlich und klang, als käme sie vom anderen Ende der Welt.

»Ja. Wer spricht da?«

»Ich bin es, Klaus.«

Schröck wickelte sich mit der freien Hand provisorisch das Badehandtuch um die Hüften und setzte sich aufs Bett.

»Mensch, Klaus, ich habe mindestens fünfzig Mal versucht,

dich zu erreichen. Wo steckst du?«, fragte Schröck und klang dabei ziemlich sauer.

»Tut mir ehrlich leid. Aber du weißt ja …«, antwortete Klaus Heinrich.

»Hier ist einiges los. Schon auf der Fahrt nach Kitzbühel habe ich einen Anruf von –«

»Das kannst du mir später erzählen. Hör mir zu. Wenn es stimmt, was die Flöhe hier husten, dann bist du irgendwie zwischen die Fronten geraten. Nur diesmal nicht zwischen fremde, sondern zwischen jene, die sich durch die Reihen unserer eigenen Leute ziehen.«

»Genau das wollte ich dir ja eben mitteilen.«

»Gut, dann erst du. Also: Wer hat dich angerufen?«

»Keine Ahnung, er hat es leider verabsäumt, sich vorzustellen. Als Ausgleich hat er mir aber damit gedroht, dafür zu sorgen, dass ich den Rest meines Beamtenlebens bei der Verkehrspolizei verbringen darf, wenn ich weiterhin herumschnüffle. Sag mal, hörst du eigentlich auch mal deinen Anrufbeantworter ab? Ich hab dir das alles schon vor zwei Tagen draufgesprochen.«

»Ich war beschäftigt. Aber das, was du mir da erzählst, deckt sich mit dem, was ich vermute. Es ist verrückt, aber mittlerweile üben Leute aus unterschiedlichen Lagern Druck aus, damit wir die Sache auf sich beruhen lassen, und auf der anderen Seite macht uns Staatssekretär Schulte die Hölle heiß, weil er endlich Ergebnisse sehen will. Er war sogar schon beim Innenminister.«

»Dann ist doch alles in bester Ordnung«, sagte Schröck. »Wir haben also offenbar Rückendeckung von ganz oben.«

»Schon, aber das macht die Sache nicht unbedingt leichter. Tut mir leid, Michael, aber ich muss dir das jetzt sagen, das bin ich dir schuldig: Man hat gedroht, dich auszuschalten, wenn wir nicht die Finger von der Sache lassen.«

»Sage ich ja. Die wollen mich kaltstellen und zurück in die Wachstube schicken.«

»Glaub mir, Michael, das ist ganz bestimmt nicht damit gemeint. Die wollen dich kaltmachen. Ein kleiner, aber essenzieller Unterschied.« Heinrichs Stimme klang ernst, und

Schröck begann sich zu fragen, ob er nicht im falschen Film gelandet war.

»Das ist doch alles Quatsch!«, explodierte er. »Glaubst du wirklich, dass sie einen Nachrichtendienstmitarbeiter wegen der Ermittlungen am Tod eines Politikersohns umbringen würden? Wer auch immer dahintersteckt, ich glaube, dass er nur blufft. Mensch, Klaus, der Schulte ist Staatssekretär, und wenn er zu Hause keine Sammlung von Schmuddelvideos mit Bundestagsabgeordneten hat, dann schert sich kein Mensch darum, sollte ihm seine Partei den Hahn abdrehen. Wenn er zurücktreten muss, stehen mindestens zehn andere Schlange, um nachzurücken. Okay, sein Junge hat Methamphetamin gekocht, und vermutlich hat er sich in der Szene Feinde gemacht, aber das ist doch noch lange keine Staatsaffäre.«

Am anderen Ende der Leitung war es still geworden.

»Klaus, bist du noch da?«

»Ja, bin ich. Bist du sicher, dass der Junge Meth gekocht hat?«, fragte Heinrich.

»Ja, und irgendjemand hat ihn an einen Stuhl gefesselt und dann in die Luft gejagt.«

»Weiß die Polizei davon?«

»Ich denke schon. Aber die Kitzbüheler Kollegen sind aus der Sache raus, die Wiener haben den Fall jetzt übernommen.«

»Seltsam.«

»Warum?«

»Weil ich längst davon wüsste, wenn die Österreicher von einem Mord ausgehen würden. Aber bis jetzt hat niemand von denen etwas in der Art verlauten lassen.«

»Vielleicht warten sie noch, bis ihnen alle Untersuchungsergebnisse vorliegen.«

»Das glaube ich nicht. Michael, bitte sei vorsichtig.« Klaus Heinrichs Stimme klang ehrlich besorgt. »Und melde dich sofort bei mir, wenn du Hilfe brauchst. Ich kann mich irren, ich hoffe sogar, dass ich es tue, aber ich glaube, du hast da in ein Wespennest gestochen. Ich werde schnellstmöglich Verbindung mit Staatssekretär Schulte aufnehmen. Es geht schließlich um seinen Sohn, er hat uns die Sache eingebrockt. Du hörst von mir. Und diesmal wird es nicht so lang dauern, das verspreche ich dir. Pass auf dich auf. Bis bald.«

Schröck verabschiedete sich und legte das Handy neben sich aufs Bett. Ein schmales Rinnsal lief ihm von den nassen Haaren in den Nacken, Gänsehaut zog sich über seine Arme. Schröck ging ins Bad und schaltete den Haartrockner ein.

19

Basti fühlte sich wie ein Gott. Er musste sich auf die Zunge beißen, um nicht laut loszulachen. Am späten Nachmittag waren sie in der Gegend herumgefahren, als sie plötzlich Lena mit einer Freundin an der Bushaltestelle in Gries gesehen hatten.

»Na, alles im grünen Bereich?«, hatte ihr Clemens vom Auto aus zugerufen.

»Lasst mich in Ruhe, ihr Penner!«, hatte sie geantwortet und ihnen den Stinkefinger gezeigt.

Wie dumm waren sie doch gewesen, als sie dachten, dass Lena tot sei, nur weil sie sie bedrängt hatten. Abgesehen davon, dass Clemens sie kaum berührt hatte und kein Verdacht auf ihn gefallen wäre, weil sie niemand gesehen hatte, hätte man sie bestenfalls wegen unterlassener Hilfeleistung belangen können.

Der komische Typ vom Schießplatz, vor dem Basti echt Schiss gekriegt hatte, konnte ihnen jetzt egal sein. Lena war okay, alles war bestens.

Sie hatten ordentlich gefeiert, und so um zwei herum hatte ihn Clemens zur Seite genommen. »Wir fahren jetzt zu mir. Ich hab da noch was, das sollten wir nicht verkommen lassen«, hatte er gesagt. Sie hatten sich den allerletzten Rest von Justins Meth reingezogen, sich einen Zeichentrickfilm im Fernsehen angesehen und sich halb totgelacht, dann war Clemens im Zimmer hin und her gelaufen und hatte diesen Tschechen nachgeäfft, mit dem er den Deal für künftige Lieferungen abgeschlossen hatte.

Als Clemens schließlich müde war und sich aufs Ohr hauen wollte, verabschiedete sich Basti. Natürlich hätte er auch bei Clemens schlafen können, aber er musste nach Hause. Seine Eltern waren unerwartet nach Kitzbühel gekommen und gingen davon aus, dass ihr Sohn mit ihnen frühstücken würde. Sicher würden sie ihn wieder mit Fragen löchern. Sein Vater würde Interesse heucheln, wenn er von der Uni erzählte – auf der er,

Basti, nebenbei gesagt seit einem Jahr keine einzige Prüfung mehr gemacht hatte. Dann würde sein Vater wieder den halben Tag lang mit dem Handy am Ohr herumlaufen, und seine Mutter würde sich zur Pediküre oder zur Massage fahren lassen oder eine Einkaufstour mit ihren Freundinnen machen. Sie wollten erst wieder am Montag zurück nach München fahren. Ein paar Tage lang musste er also das seltsame Spiel mitspielen, sonst riskierte er, dass ihm sein Vater den Geldhahn zudrehte.

Basti fühlte sich gleichzeitig schlapp und unnatürlich wach. Clemens hatte keine Lust mehr gehabt, ihn nach Hause zu fahren. »Die zwanzig Minuten kannst du ja wohl noch laufen«, hatte er gesagt.

Basti nahm die Abkürzung durch das Waldstück, das wie eine Sichel die Wiesen durchschnitt. Seine Begeisterung für Nachtwanderungen hielt sich in Grenzen, er hätte es niemals zugegeben, aber er hatte Angst in der Dunkelheit. Alle paar Meter drehte er sich um, weil er dachte, ein Geräusch gehört zu haben. Vermutlich war es nur der Wind, der von den Bergen kam und sich in den Ästen fing. Nur noch ein paar Meter, dann würde er die Lichter der Straße sehen, und das mulmige Gefühl wäre wieder verschwunden. Als es erneut hinter ihm knackte, schlug ihm sein Herz bis zum Hals. Er zwang sich, sich nicht umzudrehen und einfach weiterzugehen. Immer weitergehen. Da war nichts, nur seine Nerven, die ihm einen Streich spielten. Plötzlich wurde er am Kragen seiner Jacke gepackt und herumgerissen. Eine Hand fuhr ihm an die Kehle und quetschte seinen Kehlkopf so fest zusammen, dass er nur ein leises Röcheln hervorbrachte. Bevor er noch begriff, was mit ihm geschah, donnerte eine Faust auch schon gegen seine Schläfe, dass er beinahe das Bewusstsein verlor. Doch Basti wurde nicht ohnmächtig, sondern starrte mit weit aufgerissenen Augen in das Gesicht eines Mannes, den er noch nie zuvor gesehen hatte.

»Wenn du mir sagst, was du weißt, lasse ich dich leben«, sagte der Mann.

Basti deutete ein Nicken an und japste nach Luft.

»Du bist ein elender kleiner Junkie. Du und deine Freunde, ihr seid doch süchtig nach dem Dreckszeug. Wo besorgt ihr euch jetzt den Stoff, wo doch euer ehemaliger Versorger tot ist?«

Basti war starr vor Angst, und als er nicht gleich antwortete, traf ihn erneut ein Schlag. Ein seltsames Geräusch erklang, und seine Nase war Matsch. Noch fühlte er keinen Schmerz, aber er spürte, wie sich die Hand an seiner Kehle lockerte und er wieder Luft bekam. Dann sprudelte es aus ihm heraus.

Er erzählte von der Verbindung zu dem Tschechen, die Clemens aufgetan hatte, nannte die Namen der anderen, die von Justin mit Meth versorgt worden waren, und wo man sie für gewöhnlich antraf. Hätte ihn der Mann nach der Kombination des Haustresors seines Vaters gefragt, er hätte sie ihm verraten, ohne mit der Wimper zu zucken. Der Mann sollte ihn nur nicht noch einmal schlagen.

Als sein Peiniger zufrieden grunzte, schöpfte Basti Hoffnung und wollte ihm schon sagen, dass er auch die paar hundert Euro, die er in der Tasche hatte, nehmen konnte, aber da legten sich die riesigen Hände des Mannes erneut um seinen Hals und drückten so fest zu, als wollten sie ihm die Seele aus dem Leib quetschen. Etwas in Bastis Kopf explodierte. Ein greller Schmerz schoss von seinem Genick bis in seine Fußsohlen. Seine Füße wollten ihm nicht mehr gehorchen, wie ein schlaffer Sack hing er in den Händen seines Mörders. Basti hatte Todesangst. Sie dauerte selbst dann noch einige Sekunden an, als sein Herz schon aufgehört hatte zu schlagen.

20

»Da steht auch nichts Interessantes drinnen«, sagte Lena und gab ihrer Freundin Julia die Zeitschrift zurück.

Die beiden jungen Frauen lümmelten auf dem Bett in Julias Dachgeschosszimmer. Lena war mit Julia in Kitzbühel herumgelaufen, bis die Dämmerung einsetzte, hatte dann aber keine Lust mehr gehabt, noch ein Lokal zu besuchen. Da sie auch nicht zurück nach Hause wollte, hatte sie Julias Vorschlag angenommen, über Nacht bei ihr zu bleiben. Sie hatten geredet, erst über belanglose Dinge, später auch über Justin. Lena hatte ein wenig geweint, dann waren sie zu Bett gegangen. Sie war froh gewesen, nicht allein sein zu müssen. Im Doppelbett, das Julia von ihrer Oma geerbt hatte, hatten sie sich aneinandergekuschelt, und Lena hatte das erste Mal seit Tagen wieder schlafen können, ohne von Alpträumen geplagt zu werden.

Vorhin hatten sie unten in der Stube gemeinsam mit Julias Mutter gefrühstückt. Lena konnte die ruhige Frau gut leiden. Sie hatte sie mit verständigen Augen angeblickt und nicht danach gefragt, wie sie sich jetzt, nach Justins Tod, fühlte. Lena war ihr dankbar für ihr Einfühlungsvermögen.

»Ich habe dir gestern nicht alles erzählt«, sagte Lena jetzt und hielt sich dabei eines der herzförmigen Zierkissen, die auf dem Bett lagen, vor die Brust. Sie wusste, dass Julia den Mund halten konnte, sie war schließlich ihre beste Freundin. Die beiden hatten einander schon gekannt, als sie noch nicht einmal richtig laufen konnten. »Justin hat mir etwas hinterlassen.«

»Hinterlassen?«, fragte Julia neugierig.

Lena erzählte ihr von dem Geld und den Schriftstücken in der Aktentasche. Und davon, dass sie sie zu Justins Anwalt bringen sollte und Justin ihr geraten hatte, sofort aus Kitzbühel zu verschwinden. Was in den Papieren stand, verschwieg sie

Julia. Je weniger ihre Freundin wusste, desto besser war es für sie. Am Ende hätte Lena sie noch in Gefahr gebracht, indem sie ihr alles erzählte. Aber mit irgendjemandem musste sie doch darüber reden.

»Oh Gott!«, rief Julia, als Lena ihre Erzählung beendet hatte. »Und du willst wirklich aus Kitzbühel abhauen? Was um Himmels willen steht denn in den Dokumenten? Du hast sie doch gelesen, oder?«

»Ach, nur lauter Zahlen und so Zeug.«

»Aber du hast doch gesagt, dass es für dich hier gefährlich werden könnte. Ich an deiner Stelle würde schnellstens zur Polizei gehen«, sagte Julia und verschränkte die Arme vor der Brust.

»Daran habe ich auch schon gedacht, aber wenn die rauskriegen, dass ich Meth genommen habe, und das werden sie mit Sicherheit, dann bin ich hier unten durch. In der Schule werden die mich hochkant rauswerfen. Ich habe schon daran gedacht, das Zeug aus der Tasche zu verbrennen.«

»Und warum tust du es dann nicht?«

Lena zuckte mit den Schultern und starrte auf das Kissen. Wenn sie die Dokumente nicht bei der Polizei ablieferte, kamen mit Sicherheit noch weitere Menschen zu Schaden. Sie musste an ihren kleinen Bruder Christoph denken, er war erst zwölf. Die Last der Entscheidung wog tonnenschwer auf ihren Schultern. »Vielleicht werde ich es ja tun«, sagte sie dann.

Julia hatte mit alldem nichts am Hut. Sie war nie in einem der teuren Nachtlokale gewesen und hatte auch niemals Drogen genommen. Jeden Sonntag ging sie mit ihren Eltern zur Kirche, sang im Chor, kurzum, sie war so, wie sich Lena seit Kurzem immer öfter zu sein wünschte. Insgeheim ertappte sie sich sogar bei dem Gedanken, dass es besser gewesen wäre, wenn sie Justin niemals gekannt hätte.

»Ich habe jetzt genug über mich geredet. Wie geht es eigentlich dir, Julia? Wird dein Freund das Geschäft seines Vaters übernehmen?«

Sie redeten noch eine Weile.

Als Lena nicht zum Essen bleiben wollte, war Julia enttäuscht, begleitete sie aber bis zur Bushaltestelle. Dort verabschiedeten sie sich. Julia wusste nicht, dass Lena in der letzten Stunde die feste Entscheidung getroffen hatte, Kitzbühel zu verlassen.

Zu Hause lief Lena in ihr Zimmer, rückte ihren Schreibtischsessel an den Kleiderschrank und zog die Aktentasche herunter, die sie auf ihm versteckt hatte. Sie warf die Tasche aufs Bett und hockte sich neben sie. Mit zitternden Fingern löste sie den Verschluss und zog die Mappe heraus. Lena riss jedes Blatt einzeln aus dem Schnellhefter, zerknüllte es und stopfte alles zusammen in eine Plastiktüte. Dann versteckte sie die Tasche, in der sich nun nur mehr Justins Geld befand, wieder auf dem Schrank.

Mit der Tüte ging sie in den Stall. In einem Nebenraum stand der alte Küchenherd, den ihre Mutter im Winter von Zeit zu Zeit heizte, um das Wasser für die Ferkel anzuwärmen. Lena riss die kleine Tür auf, stopfte Papierknäuel für Papierknäuel hinein und machte Feuer. Sie wartete eine Weile, bis sie sicher war, dass alles zu Asche verbrannt war, dann ging sie zurück ins Haus.

Der Rest ihrer Familie hatte schon gegessen und ging längst wieder der Arbeit nach. Nur ihre Mutter war noch in der Küche. Sie erwärmte ihr die Reste vom Mittagessen, und Lena setzte sich an den Tisch in der Stube. Als wenig später ein Auto auf den Hof fuhr, ging Lenas Mutter zum Fenster und schaute hinaus.

»Der Mann war gestern schon da. Er hat nach dir gefragt. Soll ein Verwandter von Gustl sein. Er wollte sich erkundigen, wie es dir geht.«

Lena sprang auf und rannte ebenfalls zum Fenster.

Ein Mann in schwarzer Jacke war gerade dabei, das Auto mit Münchner Kennzeichen abzusperren. Sie hatten sie also gefunden.

»Ich will mit niemandem reden!«, rief sie. »Ich bin nicht da, kannst du ihm das bitte sagen? Ich kann nicht …«

»Na, dann geh halt hinauf in dein Zimmer. Ich mach das schon«, sagte ihre Mutter, als sie sah, wie verstört ihre Tochter auf den unbekannten Besuch reagierte.

21

Er hatte Lena wieder nicht angetroffen, aber diesmal hatte sich ihre Mutter, als er nach ihr fragte, eigentümlich verhalten. Schröck wusste, wann ihn jemand abwimmeln wollte. Zugegeben, sie kannte ihn nicht, und jeder konnte sich als Verwandter von Schulte junior ausgeben. Die Menschen hier hatten den Ruf, misstrauisch zu sein, und der Polizist in ihm sagte ihm, dass das nicht die schlechteste Eigenschaft war, die jemand haben konnte. Vielleicht würde er morgen ja mehr Glück haben und Lena antreffen. Aufgeben würde er jedenfalls nicht. Aber jetzt musste er Bruce anrufen und ihn um einen Gefallen bitten.

Schröck fuhr ein Stück den Weg entlang, bis er sicher war, von Lenas Haus aus nicht mehr gesehen zu werden. Er holte sein Telefon aus der Tasche und rief Bruce im Hotel an. Er saß gerade in der Gaststube bei Kaffee und Kuchen.

»He, was gibt's?«, meldete er sich kauend.

»Ich muss dich um einen Gefallen bitten.«

»Schieß los.«

»Aber wenn du etwas anderes zu tun hast, will ich dich nicht davon abhalten. Ich will dir schließlich nicht deinen gesamten Urlaub vermiesen.«

»Die Sehenswürdigkeiten habe ich schon abgeklappert, und nur Verrückte gehen bei dem Wetter auf den Berg. Also, was soll ich tun?«

»Ich habe zwei Freunde unseres Toten kennengelernt. Ich bin mir sicher, dass Schulte sie mit Crystal Meth versorgt hat. Vielleicht könntest du dich ein wenig unter ihnen umhören und herausfinden, wer noch zu seinen Kunden gezählt hat. Ich vermute, dass sein Mörder in diesem Umfeld zu finden ist.«

»Klingt nach einem Plan«, sagte Bruce. »Ich denke, ich werde mich als Dealer ausgeben. Ihre alte Quelle ist versiegt, und wie ich die Junkies kenne, halten die ohne Stoff nicht lang durch.«

»Das könnte klappen«, sagte Schröck.

»*Oh my fucking God!* Ich hatte ganz vergessen, welche Klischees in euren Köpfen herumgeistern.« Bruce lachte schallend. »Natürlich bietet sich ein Schwarzer an, wenn man einen Dealer sucht.«

»Jetzt hab dich mal nicht so«, sagte Schröck. »Es denken hier nicht alle so. Soll ich dich abholen und bei einem von den Jungs abliefern? Kann natürlich sein, dass niemand zu Hause ist, aber vielleicht lässt sich dann ja vor Ort herausfinden, wie man sie erreicht.«

»Ich kümmere mich schon drum. Wenn ich den Kerlen auf den Zahn gefühlt habe, melde ich mich. Ich werde ein Taxi nehmen, das kommt besser, wenn man geschäftlich unterwegs ist.« Er lachte.

Schröck gab ihm die Namen und Adressen und fuhr zurück auf die Brixental Straße. Auf halbem Weg nach Kitzbühel kamen ihm erst ein Feuerwehrwagen und dann eine Polizeistreife gefolgt von einem Zivilfahrzeug mit hoher Geschwindigkeit entgegen. Alle hatten Martinshorn und Blaulicht eingeschaltet. Vermutlich ein Unfall, dachte Schröck. Als aber gleich darauf ein dunkelgrauer Leichenwagen nicht minder schnell in dieselbe Richtung fuhr, wurde Schröck doch neugierig und wendete an einem Feldweg. Bevor er den Fahrzeugen folgen konnte, musste er noch einen roten Sportflitzer vorbeiziehen lassen und hätte schwören können, dass die Frau am Steuer die ominöse Eva Zehmann gewesen war. Er gab Gas, um den Anschluss nicht zu verlieren.

Schröck nahm die Abzweigung nach Münichau. Nachdem er die Einfahrt eines Golfklubs passiert hatte, sah er das asynchrone Blinken von blauen Lichtern. Langsam fuhr er weiter, bis er zu einem kleinen Wäldchen kam, in dem ein Gehweg verschwand. Die Einsatzwagen parkten gleich daneben. Der graue Leichenwagen stand ein wenig abseits, die Hecktür sperrangelweit offen. Ein Mann lehnte an der Seite des Wagens, der andere saß am Rand der Ladefläche und rauchte. Schröck stellte sein Auto ab und ging zu den beiden Männern hinüber.

»Was ist denn passiert?«, fragte er.

Die Männer beäugten ihn. »Da ist einer verstorben«, sagte der Raucher.

»Verstorben? Hier?«, fragte Schröck. »Ich war mit einem Freund zu einer Wanderung verabredet. Er ist aber nicht gekommen. Denken Sie, es könnte sich bei dem Toten um ihn handeln?«

»Wie alt ist denn Ihr Freund?«, fragte der Mann, der am Bus lehnte.

»Etwa in meinem Alter, so um die fünfzig. Er hat ein schwaches Herz, müssen Sie wissen.«

»Dann machen Sie sich mal keine Gedanken. Der Tote ist weit jünger, knapp über zwanzig.«

»Dem hat einer das Licht ausgeblasen«, fügte der andere hinzu und schnippte seine Zigarette weg.

»Er wurde ermordet?«, fragte Schröck bestürzt.

Die beiden Männer nickten synchron. »Erst zusammengeschlagen und dann erwürgt. Sie sind doch nicht etwa von der Zeitung?«, fügte der Mann, der am Wagen lehnte, schnell hinzu.

»Natürlich nicht, wo denken Sie hin? Ich mache hier nur Urlaub.« Schröck nestelte seine Zigaretten aus der Jacke und hielt den Männern das Päckchen hin. Sie lehnten ab.

»Auf den Schreck muss ich erst mal eine rauchen«, sagte Schröck und zündete sich eine Zigarette an. »Ist es jemand aus der Gegend?«

»Wie man es nimmt. Der Sohn von einem der Münchner, die hier wohnen.« Er zeigte Richtung Münichau.

»Vielleicht kenne ich den Toten ja doch«, sagte Schröck. »Ich war vor ein paar Tagen in einem Nachtklub in Kitzbühel, da habe ich zwei junge Männer kennengelernt, einen großen blassen und einen kleineren. Ich glaube, sie hießen Clemens und Bastian.«

»Dann kennen Sie ihn tatsächlich. Den Bastian hat's erwischt«, sagte der Mann an der Hecktür trocken und stützte sich mit dem Ellenbogen auf den Transportsarg.

»Das ist ja furchtbar«, sagte Schröck und spähte zum Wäldchen hinüber, aus dem in diesem Augenblick zwei Männer mit Plastikkoffern, wie sie die Spurensicherung verwendete, traten.

»Ich muss dann mal wieder. Wenigstens kann ich beruhigt sein, dass meinem Freund nichts zugestoßen ist.« Schnell stieg Schröck in sein Auto und fuhr weg. Es gäbe nur unnötige Fragen, wenn er an einem Tatort mit der Polizei zusammentraf.

Er überlegte kurz, dann wählte er Bruce' Nummer. Er erzählte ihm, was er erfahren hatte, und bat ihn, sich so schnell wie möglich um Clemens Holzer zu kümmern. Bruce seinerseits hatte bereits versucht, mit beiden telefonisch in Verbindung zu treten. Bastian hatte er natürlich nicht erreicht, und Clemens war total verkatert gewesen. Er war erst wieder einigermaßen zu sich gekommen, als Bruce sich als der Ice-Man vorgestellt hatte. Nach kurzem Geplänkel hatte er ihn zu sich eingeladen, er sei allein, und da, wo er wohne, schere sich kein Mensch um seinen Besuch.

»Und wenn du mir einen großen Gefallen tun willst, bringst du mir ein paar Gramm von deinem Zeug mit, sozusagen als Einstandsgeschenk«, hatte Clemens gesagt.

Bruce hatte versprochen, zur vereinbarten Zeit bei ihm zu sein und natürlich auch eine Kostprobe mitzubringen.

»Aber wie willst du das mit dem Meth hinbiegen?«, fragte Schröck jetzt.

»Kein Problem. Ich trinke meinen Kaffee ohne Zucker, und von irgendwo werde ich auch noch eine undurchsichtige Verpackung herbekommen. Das sollte reichen, um ihn zu täuschen. Von mir kriegt der Kerl jedenfalls keine Drogen. Auf mich hat er gewirkt, als sei er von gestern noch völlig zugedröhnt. Glaubst du, dass dieser Clemens seinen Freund auf dem Gewissen hat?«

»Ich habe keine Ahnung, kann schon möglich sein. Wenn die Kerle das Zeug intus haben, fühlen sie sich wie die Größten. Da können Situationen auch schon mal unangenehm entgleiten.«

Lena war in ihr Zimmer gelaufen. Hektisch zog sie ihren kleinen Koffer unter dem Bett hervor, riss ihre Blusen und Jeans von den Kleiderhaken und legte sie mit zitternden Händen zusammen. Sie hatten sie also gefunden. Lena machte sich keine Illusionen. Sie hatten Justin umgebracht, und sie würde vermutlich die Nächste sein, wenn sie nicht so schnell wie möglich von hier abhaute. Sie holte die Aktentasche vom Schrank herunter und stopfte den Umschlag mit dem Geld in ihre Handtasche. Das würde eine Zeit lang reichen. Wohin sie gehen würde, wusste sie noch nicht. Vielleicht nach Italien. Erst mal musste sie unbemerkt das Haus verlassen. Ihre Mutter war da, und wenn die sah, wie Lena mit dem Koffer in der Hand aus dem Haus lief, würde sie sicher Fragen stellen und versuchen, sie aufzuhalten. Doch dann kam ihr der Zufall zu Hilfe.

»Lena!«, rief ihre Mutter von unten. »Papa hat eben angerufen, er ist mit Opa im Wald. Die Kettensäge ist kaputtgegangen, ich bringe ihnen schnell eine andere. Bin bald wieder da!«

»Kein Problem!«, antwortete Lena und bemühte sich, ihre Stimme fest klingen zu lassen.

Sie wartete am Fenster, bis der Wagen ihrer Mutter den Hof verlassen hatte, dann rannte sie mit dem Gepäck nach unten.

Ihr altes Moped, das sie schon seit Monaten nicht mehr benutzt hatte, sprang erst nach ein paar Hustern an. Sie würde es in der Nähe des Bahnhofs hinter dem Raiffeisenhaus abstellen, wo man es hoffentlich erst finden würde, wenn sie schon über alle Berge war. Sie fuhr nur wenige Meter, dann hielt sie an und drehte sich noch einmal um. Sie schaute zurück zu dem Haus, in dem sie aufgewachsen war und das nun nie mehr ihr Zuhause sein würde. Ihre Lippen waren zu einer gramvollen Linie zusammengekniffen, und als sie weiterfuhr, blies ihr der Fahrtwind die Tränen von den Wangen.

22

Seit drei Tagen hatte Silvia nun nichts mehr von sich hören lassen. Schröck machte sich keine Sorgen, dass ihr etwas zugestoßen sein könnte, in dem Fall hätte man ihn sicher verständigt, aber er war sauer auf sie, weil sie es offenbar nicht für nötig hielt, sich bei ihm zu melden. Es war schon okay, wenn sie mit ihren Freundinnen ohne ihn Spaß hatte, aber der nette Studienkollege, der diesmal mit von der Partie war, wollte einfach nicht aus seinen Gedanken verschwinden. Nervös lief Schröck in seinem Hotelzimmer auf und ab und räumte auf. Als es nichts mehr aufzuräumen gab, nahm er sein Handy aus der Ladestation und rief Liba an.

Wie immer meldete sich seine Haushälterin mit einem knappen »Ja?«, legte dann aber, nachdem er sich zu erkennen gegeben hatte, mit den Sachen los, die ihr am Herzen lagen. Kater habe eine Maus in die Stube gebracht, sie hätte noch gelebt, und Liba sei zwei Stunden auf der Jagd nach ihr gewesen, bevor sie sie erwischt hätte. Im Haus sei alles in bester Ordnung. Dann wollte sie wissen, wann er denn wieder zurückkommen würde und ob er nicht erkältet sei, seine Stimme klinge so sonderbar rau. So viele Leute seien in Schönbergmoos jetzt erkältet.

Schröck verneinte, obwohl er im übertragenen Sinn sehr wohl verschnupft war. »Hat sich Silvia bei Ihnen gemeldet?«, fragte er dann.

»Ach ja, das wollte ich Ihnen ja auch noch sagen. Das Fräulein Silvia hat gestern angerufen, das Wetter ist bei ihnen nicht so gut, aber sie hätten trotzdem jede Menge Spaß. Sie ist auch nicht erkältet«, sagte Liba.

»Hat sie sonst noch etwas gesagt?«, fragte Schröck ungeduldig.

»Ich soll Ihnen recht schöne Grüße ausrichten. Sie hat wohl einmal versucht, Sie zu erreichen, und später sei sie nicht mehr zum Telefonieren gekommen. Da war noch etwas, was sie gesagt hat, aber jetzt habe ich glatt vergessen, was es war. Na ja, das wird sie Ihnen schon selbst erzählen, wenn Sie beide wieder hier sind.«

Schröck bedankte sich bei Liba, sagte, er wisse nicht, wann er wieder zu Hause sein würde, und erinnerte sie noch einmal an ihr Versprechen, Stillschweigen über seinen Aufenthaltsort und seine Mission zu bewahren.

Liba tat entrüstet und wies jeden Verdacht der Indiskretion von sich.

»Klar«, brummte Schröck, denn er hatte mit seiner überaus kommunikativen Haushälterin schon ganz andere Erfahrungen gemacht.

Nachdem er die Verbindung getrennt hatte, hatte er das Gefühl, an die frische Luft zu müssen. Er warf sich seine Jacke über und lief in die Lobby hinunter. Als ihn die Rezeptionistin sah, winkte sie ihn zu sich und gab ihm einen Zettel. Doch bevor er noch lesen konnte, was daraufstand, zupfte ihm jemand auch schon wieder das Stück Papier aus der Hand. Erstaunt drehte Schröck sich um. Es war Eva Zehmann. Sie zerknüllte den Zettel und lächelte ihn an.

»Haben Sie etwas Besonderes vor, oder würde es Ihnen passen, mit mir einen Kaffee zu trinken? Die Nachricht war übrigens von mir«, flötete sie.

Sie trug ein eng anliegendes purpurrotes Kleid, das ein wenig Dekolleté und viel Bein zeigte. Den passenden Blazer hatte sie lässig durch die Schlaufen ihrer exklusiven Handtasche gezogen. Eva Zehmann stand neben Schröck am Tresen, und er fühlte, wie ihm warm wurde, als sie sich vertraut an ihn lehnte.

Die Hotelangestellte lächelte und zog sich diskret in den hinteren Rezeptionsbereich zurück.

Schröck überlegte nur kurz. »Warum eigentlich nicht?«, sagte er dann.

»Also los!«, rief Eva Zehmann und hakte sich bei ihm unter.

Wenig später saßen sie in einem Lokal mit Schummerbeleuchtung. Eva Zehmann nippte an ihrem Prosecco und blickte ihn aus großen dunklen Augen verführerisch an. »Nun, was haben Sie herausgefunden?«

»Worüber?«, fragte Schröck unschuldig.

»Lassen wir die Spielchen, Michael. Ich war es doch, die Ihnen den Tipp gegeben hat, dass der Tod von Justin kein Selbstmord war.«

»Sie meinen den Tod Ihres Cousins? Waren Sie denn überhaupt mit ihm verwandt?«

»Zugegeben, unser Verwandtschaftsverhältnis war eine Lüge. Dennoch haben wir uns sehr gut gekannt.«

Schröck zog die linke Augenbraue hoch.

»Nicht, was Sie denken. Ich hatte nichts mit ihm. Er war doch noch ein Junge, und ich halte mich dann doch lieber an richtige Männer.«

»Und in welcher Beziehung standen Sie dann zu Gustav oder Justin Schulte?«, fragte Schröck.

»Das erzähle ich Ihnen vielleicht etwas später. Aber vorher verraten Sie mir, was Sie herausgefunden haben. Es könnte durchaus sein, dass ich Ihnen abermals behilflich sein kann.«

Sein Verstand sagte ihm, dass diese Frau einiges wusste, sein Gefühl, dass ihr nicht zu trauen war. Doch offenbar hatte Eva Zehmann großes Interesse daran, dass der Tod von Justin Schulte aufgeklärt wurde. Schröck riss sich vom Anblick ihres Dekolletés los und nickte.

»Also gut, aber nur, wenn Sie mir versprechen, dass Sie mir dann auch endlich alles sagen, was Sie sonst noch wissen.«

Sie nickte und schaute ihn erwartungsvoll an.

»Schulte ist ermordet worden, das halte ich für erwiesen. Seltsam ist nur, dass der Umstand noch nicht publik geworden ist.«

»Mich wundert das nicht«, unterbrach sie ihn. »Aber bitte, fahren Sie fort, Michael.«

»Und warum wundert Sie das nicht?« Schröck schaute sie fragend an, aber sie machte eine wegwerfende Handbewegung. »Auch gut. Ich gehe jedenfalls davon aus, dass Schulte in seiner Küche Drogen hergestellt hat – und zwar in großer Menge.

Wer alles seine Abnehmer waren, weiß ich noch nicht. Zwei davon kennen Sie ja schon.«

»Sie meinen die beiden Jungs aus München? Justins Freunde? Ich muss gestehen, dass ich die zwei auch überprüft habe. Sie sind harmlos«, sagte Eva Zehmann und lächelte kokett.

Schröck nickte. »Ich glaube auch nicht, dass Schulte das Zeug nur in der örtlichen Szene verhökert hat, falls hier denn überhaupt so etwas wie eine Drogenszene existiert. Entweder hat er sich mit seinen Abnehmern angelegt, oder man hat ihn aus dem Weg geräumt, weil er jemandem Konkurrenz gemacht hat.«

»Oder«, Eva Zehmanns Augen verengten sich zu schmalen Schlitzen, »es gibt vielleicht eine ganz andere Erklärung für alles.«

»Die da wäre?«

Sie lehnte sich zurück und schüttelte den Kopf. »Keine Ahnung.«

Schröck kniff die Lippen zusammen. »Ich glaube Ihnen kein Wort«, sagte er ruhig.

»Ich weiß nicht, wer Justin auf dem Gewissen hat, sonst wäre ich schon längst zur Polizei gegangen. Aber was ich weiß, ist, dass man es nicht nur auf ihn abgesehen hatte. Wissen Sie übrigens, dass Bastian Lehner heute tot aufgefunden wurde? Auch er soll ermordet worden sein.«

»Sie erzählen mir nichts Neues.«

Sie schaute ihn an. »Kein Mensch, der Bastian Lehner kannte, wäre auf die Idee gekommen, ihn umzubringen, um zu verhindern, dass er Justins Platz einnimmt. Der Junge konnte sich kaum selbst die Schnürsenkel binden. Und sein Freund, Clemens Holzer, hat nicht die leiseste Ahnung von Chemie. Der würde sich schon beim ersten Versuch, Drogen zu kochen, in die Luft sprengen. Trotzdem bin ich mir ziemlich sicher, dass Bastian von denselben Leuten ermordet wurde, die auch Justin auf dem Gewissen haben.«

»Das verstehe ich nicht. Die Vorgehensweisen des oder der Täter weisen keinerlei Ähnlichkeiten auf. Schulte wurde in die

Luft gejagt, Lehner erdrosselt. Wie kommen Sie darauf, dass es sich um dieselben Täter handelt?«, fragte Schröck.

Sie schnalzte mit der Zunge. »Ist nur so ein Gefühl.«

»Was wissen Sie sonst noch? Das ist doch sicher noch nicht alles.«

»Doch, das ist es.« Eva Zehmann zog mit ihren blutroten Lippen eine Schnute, die wie ein kleines Herz aussah.

Schröck traute ihr nicht über den Weg, aber ihm war klar, dass er heute nichts mehr aus ihr herausbringen würde. Eher würde sie mit ihm aufs Zimmer gehen, als ihm noch etwas zu verraten.

Sie nahm einen Schluck Prosecco und schüttelte sich. »Er ist warm geworden. Aber nur so viel: Haben Sie schon einmal daran gedacht, dass es hier vielleicht gar nicht um Konkurrenz unter Dealern geht? Was wäre, wenn diese Leute ganz andere Motive hätten?«

»Und welche sollten das sein?«, fragte Schröck.

»Wäre es nicht möglich, dass es jemandem stinkt, dass jemand in Kitzbühel Drogen verkauft? Kitz kann sich nicht mehr viele Skandale leisten. Korruption, Grundstücksschacherei, in Ungnade gefallene Politiker, die sich hierher zurückziehen: Wenn solche Themen in den Medien überhandnehmen, nimmt auch die Stadt Schaden, der nicht mehr so leicht zu reparieren ist. Kitzbühel ist Landschaft, Tradition, Sport, Geld und Party. Niemand will Probleme wälzen, wenn er hierherkommt.«

»Sie haben recht, daran habe ich wirklich noch nicht gedacht«, sagte Schröck.

Eva Zehmann strahlte ihn an. »Sehen Sie, und wieder habe ich Ihnen geholfen.«

»Vielleicht. Ich werde mir das alles noch einmal durch den Kopf gehen lassen. Jetzt muss ich mich allerdings verabschieden.«

»Jetzt schon? Ich dachte, wir beide könnten heute noch ein paar Bars unsicher machen.« Sie warf ihm einen vielsagenden Blick zu.

»Tja, es tut mir leid, Sie enttäuschen zu müssen.« Er winkte dem Kellner. Wenn er sich jetzt nicht schleunigst aus dem Staub machte, würde er es vermutlich bereuen. Schröck bezahlte. Er wollte Eva Zehmann zum Abschied die Hand reichen, aber sie zog ihn zu sich herunter, schmiegte sich an ihn und gab ihm zwei Küsse auf die linke und die rechte Wange.

»Bis auf bald«, hauchte sie.

Schröck sah zu, dass er aus dem Lokal herauskam.

23

Bruce kletterte aus dem Taxi und zog sich die Kapuze seiner Wanderjacke über den Kopf. Es hatte wieder zu regnen begonnen. Hinter den dicken Nebelschwaden, die die Berge einhüllten, waren nur manchmal unscharf die grünen Flecken der Almwiesen zu erkennen. Er winkte dem Taxifahrer zum Abschied, lief zum Haus und klingelte. Irgendwo wurde der elektrische Öffner betätigt, und die Tür sprang auf. Bruce spähte durch den Spalt.

»Nur herein!«, kam es von drinnen, und Bruce ließ sich nicht lange bitten.

In der Diele stand ein schlanker junger Mann. Er war ausgesprochen blass und humpelte. Er schien Schmerzen zu haben. Das also war Clemens Holzer.

»Geht es Ihnen gut?«, fragte Bruce.

»Jaja, alles okay. War nur ziemlich heftig gestern. Bin vorhin erst wieder aufgewacht«, krächzte Clemens und kratzte sich vorsichtig am Kopf.

»Kenn ich«, sagte Bruce und folgte ihm ins Wohnzimmer.

Der Raum war geschmackvoll eingerichtet, die Bilder an den Wänden waren vermutlich teure Originale. Das Haus stinkt förmlich nach Geld, dachte Bruce.

»Whisky?«, fragte Clemens und versuchte, besonders cool dreinzuschauen.

Was dachte sich der Bengel eigentlich? Dass er bei einem Gangsterfilm mitspielte?

Bruce verkniff sich das Grinsen. »Nein, danke. Aber wenn du ein Bier hättest?«

Clemens verschwand im Raum neben dem Wohnzimmer und kam kurz darauf mit einer Flasche Bier und einem Glas zurück. Er begann, noch im Gehen einzuschenken, verfehlte aber das Ziel, und ein Schwall Bier ergoss sich über den teuren Teppich. Clemens fluchte. Als er das Glas vor Bruce abstellte, zitterte seine Hand so stark, dass Bruce unwillkürlich zurückwich, um nicht auch noch begossen zu werden.

»Bist du nervös?«, fragte Bruce.

»Nein, warum? Ich sagte doch schon, dass es eine heftige Nacht war«, antwortete Clemens gereizt.

Bruce kannte das. Wenn die Wirkung von dem Scheißzeug nachließ, kam der Frust. Das Meth ließ die Abhängigen nicht schlafen, und mit der Konzentration war es dann auch vorbei.

Der junge Mann zog sich das Ice durch die Nase rein. Bruce waren seine entzündeten Nasenflügel aufgefallen, als er ihm das Bier hingestellt hatte. Auf seiner Lippe hatte er eine rote schorfige Stelle, die wie eine aufblühende Fieberblase aussah, aber Bruce wusste es besser: Die chronische Hautentzündung war Crystal-Akne, die mit regelmäßigem Meth-Konsum einherging. Außerdem war der Bursche ziemlich untergewichtig. Man vergaß zu essen, wenn man auf Ice war. Du steckst ganz schön tief drinnen, mein Junge, dachte Bruce. Das Zeug brachte die von ihm Abhängigen um den Verstand. Es brannte ihnen das Hirn weg, wenn sie sich nicht vorher in einem Anfall von Paranoia vor einen Zug warfen oder an einer Überdosis zugrunde gingen.

Clemens ließ sich Bruce gegenüber in einen Lehnstuhl fallen. »Also, was hast du mir anzubieten?«

»Zuckerwatte, was hast du denn gedacht?«, sagte Bruce und bemühte sich, möglichst aggressiv zu wirken.

»Ich meine, was willst du pro Gramm haben?«, stotterte Clemens.

»Hundert. Ich kann so viel und so lange liefern, wie du willst. Natürlich könntest du auch in den Vertrieb einsteigen, dann wird's billiger. Wir könnten das Geschäft gemeinsam aufbauen, und in der Wintersaison sind wir schon ganz dick drinnen. Natürlich führen wir auch kleine bunte Pillen, Gras und Crack und für den anspruchsvollen Verbraucher auch Koks.«

»Hundert sind ja nicht unbedingt ein Schnäppchen«, sagte Clemens. »Wenn du wirklich Großhändler bist, wie du sagst, dann solltest du dich auch an den gängigen Marktpreis halten. Von den Tschechen kriege ich das Gramm für achtzig.«

Bruce hatte den Fehler gemacht, in Dollar zu rechnen. Außerdem war der Preis zu Hause von Bundesstaat zu Bundesstaat und von Stadt zu Stadt unterschiedlich. Eine Sache von Angebot und Nachfrage. Er zwinkerte Clemens zu. »Aber ist dein Tschechen-Ice auch zu fünfundachtzig Prozent rein? So wie meins?«

»Fünfundachtzig Prozent«, sagte Clemens bewundernd. »Das ist ja der helle Wahnsinn.«

»Wie gesagt, wenn du willst, kannst du dir bei mir etwas dazuverdienen. Musst ja auch nicht gerade Ice verkaufen. Wenn ich mir das hier alles so ansehe«, er machte eine ausholende Geste, »dann könnte ich mir vorstellen, dass du die richtigen Leute kennst. Solche, die sich das wirklich teure Zeug reinziehen.«

Clemens' Augen begannen zu glitzern.

Er hat angebissen, dachte Bruce. Jetzt würde er ihm auf den Zahn fühlen.

»Wir werden sehen«, sagte Clemens ruhig, konnte aber nicht verbergen, dass sein geplagtes Gehirn auf Hochtouren arbeitete.

»Eins will ich aber vorher noch wissen. Gibt's hier vielleicht jemanden, der etwas gegen Leute wie uns hat? Ich meine solche, die auch nicht davor zurückschrecken würden, uns das Licht auszublasen«, erklärte Bruce.

»Wie kommst du darauf?«

»Wie ich gehört habe, hat jemand euren früheren Lieferanten plattgemacht und dabei ein ziemlich spektakuläres Feuerwerk veranstaltet«, sagte Bruce.

»Woher weißt du das? In der Zeitung stand, dass es Selbstmord war.« Clemens war sichtlich erstaunt.

»Ein kleines Vögelchen hat es mir gezwitschert. So etwas spricht sich in unseren Kreisen schnell herum. Hast du eine Vermutung, wem der Mann im Weg war?«

Clemens schüttelte den Kopf. »Wir haben uns das auch schon gefragt. Justin ist mit allen gut ausgekommen, er hat nie jemanden über den Tisch gezogen, und wenn wer knapp bei Kasse war, ist es schon mal vorgekommen, dass Justin das Zeug verschenkt hat.«

Offenbar war Schulte junior ein Mann gewesen, der es verstanden hatte, sich keine Feinde zu machen, dachte Bruce. Fast fühlte er sich genötigt, dem Wohltäter Blumen aufs Grab zu legen. »Quatsch nicht so einen Scheiß!«, spielte er seine Rolle weiter. »Ich muss sicher sein, dass wir hier keinen Trouble kriegen.« Bruce machte ein Gesicht, als würde er Clemens jeden Moment an die Gurgel gehen, und der junge Mann zuckte zusammen.

»Ehrlich, Mann, ich weiß nichts. Merkwürdig war nur, dass Justin das Zeug in rauen Mengen gekocht hat. So viel konnte er in Kitz gar nicht verscherbeln. Wir waren viel zusammen, aber nie hat er ein Wort darüber verloren, wer seine anderen Abnehmer waren. Ich habe auch nie jemanden gesehen, der das Zeug bei ihm abgeholt hätte, aber es muss jemanden gegeben haben. Vielleicht ist er ja diesen Leuten auf den Schlips getreten.«

Der Junge sagt die Wahrheit, er hat nicht den Mut, mich anzulügen, dachte Bruce. »Ist schon okay«, lenkte er ein, um Clemens zu beruhigen. »Aber du verstehst doch, dass ich mich absichern muss, oder?«

Clemens nickte und entspannte sich. »Hast du mir etwas mitgebracht?«, fragte er nach einer Weile.

»Na klar, denkst du etwa, du sollst die Katze im Sack kaufen?«, sagte Bruce und hoffte, dass Clemens nicht vorhatte, sich das Zeug sofort reinzuziehen. Er griff in seine Jackentasche und warf ein kleines graues Plastikpäckchen auf den Tisch. In seiner Pension hatte Bruce einen Müllsack geklaut, sich beim Hotelier eine Rolle durchsichtiges Klebeband geliehen und aus beidem ein Päckchen gebastelt, in das er den Zucker, den er beim Frühstück mitgenommen hatte, hineingeleert hatte. Er war zufrieden mit seiner Arbeit, das kleine Tütchen sah ziemlich professionell aus.

Clemens wollte sich schon daraufstürzen, doch Bruce hielt schützend seine Hand darüber.

»Was ist?«, fragte Clemens und zog die Hand wieder zurück, die sich im Vergleich zu Bruce' dunkler Pranke lächerlich klein ausmachte.

»Erst das Geschäft«, sagte Bruce, nahm das Päckchen und verbarg es in seiner Faust.

Clemens wollte widersprechen, als das Festnetztelefon klingelte. »Ich muss rangehen, vermutlich sind es meine Elt... Ich meine, womöglich ist es wichtig«, sagte Clemens schnell, sprang auf und nahm das Mobilteil aus der Ladestation. »Ja«, sagte er ein paarmal, dann nannte er seinen vollen Namen. Anschließend wurde sein Gesicht noch blasser als zuvor, und nachdem er aufgelegt hatte, stand er wie vom Blitz getroffen da und starrte Bruce ausdrucklos an.

»Was ist los? Ist wer gestorben?«, fragte Bruce.

Clemens nickte kaum merklich.

»Jemand aus der Familie?«, gab sich Bruce ahnungslos. Anscheinend hatte man Clemens soeben mitgeteilt, dass man Bastian Lehner gefunden hatte.

»Es war die Polizei. Mein Freund Basti ist tot«, stammelte Clemens und ließ sich in den nächstbesten Sessel fallen.

»Überdosis?«

»Nein, man hat ihn umgebracht.«

»Weiß man schon, wer es war?«

Clemens schüttelte den Kopf. »Ich soll morgen zur Polizei kommen, die wollen mich befragen.«

»Dann gehst du eben hin. Du hast doch damit nichts zu schaffen, oder?« Bruce schaute Clemens in die Augen, die sich mit Tränen füllten.

Nein, mit Mord hatte der Junge ganz bestimmt nichts am Hut. Nicht einmal dann, wenn er randvoll mit Ice war. »Hat euch jemand bedroht, seid ihr jemandem auf den Schlips getreten?«, fragte Bruce hartnäckig weiter.

»Nein!«, rief Clemens, dann wurde seine Stimme leiser. »Ich habe doch keine Ahnung, warum jemand Basti getötet hat. Wir haben keine Feinde.« Er legte seinen Kopf zwischen die Hände und fing an, wie ein Schlosshund zu heulen.

»Ich gehe dann mal lieber.« Bruce stand auf und verstaute das Zuckerpäckchen wieder in seiner Jackentasche. »Wenn Gras über die Sache gewachsen ist, melde ich mich wieder bei dir. Es geht mich zwar nichts an, aber von den Tschechen würde ich die Finger lassen, solange die Polizei genauer hinschaut. Der Tipp ist kostenlos, selbst wenn wir nicht ins Geschäft kommen. Die Tschechen sind nicht gerade die Nettesten. Außerdem muss dir klar sein, dass dich die Bullen auf dem Kieker haben, solange sie nicht wissen, wer deinen Freund umgelegt hat.«

Clemens machte Anstalten, ebenfalls aufzustehen, aber Bruce machte eine Handbewegung. »Bleib sitzen, ich finde schon selbst hinaus. Und wie gesagt, ich melde mich bei dir.«

Er verließ das Haus, ging ein paar Meter, dann zog er das Prepaid-Handy, das er sich am Vormittag in St. Johann besorgt hatte, aus der Tasche, rief Schröck an und bat ihn, ihn abzuholen.

»Ich muss erst den Wagen vom Parkplatz holen, aber ich beeile mich.«

»Mach dir keinen Stress«, sagte Bruce. »Ich gehe dir schon mal entgegen. Ich komme hier ohnehin nicht dazu, Sport zu treiben, also freue ich mich über jede Art von Bewegung.« Bruce stellte den Kragen seiner Jacke auf. Der Wind war kühl, aber es hatte aufgehört zu regnen. Er warf einen prüfenden Blick zum Himmel, dann stapfte er mit großen Schritten die Landstraße hinunter.

Eine halbe Stunde später las Schröck Bruce, der bereits etliche Kilometer zu Fuß zurückgelegt hatte, auf der Brixental Straße auf. Sie fuhren nach St. Johann, und beim Abendessen erzählte Bruce Schröck ausführlich vom Besuch bei Clemens Holzer. Später, beim Kaffee, stellten sie allerlei Theorien auf, verwarfen jede einzelne von ihnen wieder und mussten sich schließlich eingestehen, dass sie keine Ahnung hatten, wer als Täter in Frage kam.

Um Mitternacht fuhr Schröck zurück nach Kitzbühel. Eigentlich wollte er gleich ins Bett gehen, aber dann fiel ihm ein, dass er über Eva Zehmann eigentlich nur das wusste, was sie ihm erzählt hatte. Nicht viel also. Er fuhr seinen Laptop hoch und schrieb eine Mail an die Rechercheabteilung des BND, in der er um umfassende Auskunft über Eva Zehmann bat. Zur Sicherheit setzte er den Vermerk »Eilt« darunter, dann verschlüsselte er den Text und schickte die Nachricht ab.

24

Zum Zeitpunkt des Anrufs des Doktors war Kofler in Kitzbühel, der Stadt, in der es für ihn nur mehr Fremde gab und die ihn mit ihrem Menschengetümmel nervös und aggressiv machte. Er rettete sich in den Durchgang beim Kino neben der Touristinfo und holte sein Mobiltelefon aus der Lodenjacke. Außer vom Doktor wurde er nie angerufen, und der meldete sich auch nur dann, wenn er ihn sehen wollte oder etwas Dringendes anlag. Ganz bestimmt wollte er sich nicht nach seinem Befinden erkundigen.

Kofler drückte den grünen Knopf seines Handys.

»Ich will, dass Sie sich um jemanden kümmern«, begann der Doktor ohne Einleitung. »Der junge Mann hat weit mehr Schaden angerichtet, als ich zunächst dachte. Es hat mit dem eigentlichen Sinn unserer Sache nichts zu tun, aber ich kann das, was momentan geschieht, nicht dulden. Es ist eine Frage der Ethik, verstehen Sie? Und in Sachen Ethik bin ich sehr empfindlich. Ich habe Sie zwar dafür getadelt, Kofler, aber inzwischen bin ich froh, dass das Zeug in seiner Wohnung mit in die Luft geflogen ist. Erinnern Sie sich noch daran, dass Sie mir diese Umhängetasche aus Schultes Wohnung mitgebracht haben? Die Dokumente, die sie enthalten hat, belegen eindeutig, dass man junge Menschen mit Leistungswillen, angehende Profisportlerinnen und -sportler, mit Drogen vollgepumpt hat, um Profit zu machen. Wäre das Labor nicht zerstört worden, hätte am Ende ganz bestimmt jemand anderes dort weitergemacht, wo Schulte aufgehört hat«, sagte der Doktor.

Kofler verzog angewidert das Gesicht. Der Doktor hatte schon recht, das gehörte sich nicht, aber sich über jemanden aufzuregen, wenn man selbst doch genauso nur auf Profit aus war, das stand ihm auch nicht zu.

»Für die anderen Abnehmer in Kitzbühel brauche ich Sie nicht«, fuhr der Doktor fort. »Die Liste der Namen, die Sie mir gegeben haben, reicht völlig aus. Es handelt sich zumeist um Söhne von gut situierten Familien. Einige von denen kenne ich sogar persönlich. Sie haben ihre Häuser und Grundstücke von mir gekauft und werden schon selbst dafür sorgen, dass ihre Sprösslinge irgendwann keine Lust mehr auf Drogen haben, zumindest nicht mehr bei uns in Kitzbühel.«

Kofler blieb stumm. Er hatte keine Ahnung, was er darauf erwidern sollte. Aber der Doktor hatte sicher seine Gründe, warum er sagte, was er sagte.

»Kofler, sind Sie noch dran?«, tönte es aus dem Telefon.

»Natürlich. Was soll ich also tun?«

»Es gibt da eine Frau, die Sie für mich finden müssen. Ich schicke Ihnen gleich ein Bild aufs Handy. Kümmern Sie sich um sie. Und zwar endgültig.«

Das Smartphone piepte. »Ist angekommen«, sagte Kofler.

»Kann sein, dass es nicht einfach werden wird, an sie heranzukommen, aber Sie werden es schon schaffen. Und wenn Sie sie gefunden haben, muss es unbedingt wie ein Unfall aussehen. Ein weiterer gewaltsamer Tod könnte dem Ruf unserer Stadt nur noch stärker schaden, und das wollen wir doch unter allen Umständen vermeiden, nicht wahr, Kofler? Erledigen Sie den Auftrag nach meinen Vorgaben, dann ist ein dicker Bonus für Sie drin.«

»Ich tue mein Bestes«, sagte Kofler.

»Gut, dann haben wir uns verstanden.« Die Verbindung wurde getrennt.

Kofler öffnete die Nachricht des Doktors. Er war sich sicher, dass ihm die hübsche Frau auf dem Bild in Kitzbühel schon öfter über den Weg gelaufen war. Er grinste. Die Sache dürfte nicht allzu schwer werden.

25

Kurz vor sechs Uhr morgens zog sich Schröck das Kissen über den Kopf und versuchte, die wirren Gedanken zu verscheuchen, die im Halbschlaf in seinem Hirn herumspukten. Er sah Silvia mit einem jungen Mann Hand in Hand einen kleinen Bergpfad entlanglaufen, dann befand er sich wieder mit Bruce in Schultes verwüsteter Wohnung, dann mit einer spärlich bekleideten Eva Zehmann in einem schummrigen Separee. Bevor er sich jedoch dem letzten Teil seines Traumes hingeben konnte, ratterten auf dem Gang vor seinem Zimmer Touristen mit ihren Koffern vorbei. Anscheinend mussten sie einen frühen Flug in München erwischen. Schröck war hellwach.

Nach der Morgentoilette ging er in den Frühstücksraum hinunter, der zu dieser Zeit noch fast leer war, trank Kaffee und aß eine Kleinigkeit, um dann vor dem Hotel eine Zigarette zu rauchen. Der Nebel hing beinahe bis zum Boden, die Straße war nass, und die bunten Fassaden der Häuser schimmerten milchig durch den Dunst. Vereinzelt waren Passanten unterwegs, den Kopf in die Krägen ihrer abgetragenen Jacken und Mäntel gezogen. Um diese Zeit war wohl nur die Art von Leuten unterwegs, die dafür sorgte, dass alles sauber und adrett aussah, wenn die Touristen die Urlaubsbühne betraten und das Flair der mondänen Alpenstadt bestaunten.

Auf dem Weg zur Hornbahn warf Schröck einen flüchtigen Blick auf die vereinzelten Bauernhöfe neben Einfamilienhäusern und in die kleinen Parks der versteckten Villen. Diese hatten zwar protzige Sonnenterrassen und Gärten, aber alles war pflegeleicht, da die Häuser die Woche über oder sogar monatelang leer standen. Sie strahlten aus, wie selten in ihnen gelebt wurde. Die grauen Menschen, die jetzt am Morgen durch den Nebel zu ihren Arbeitsstätten hetzten, hatten sich darum zu kümmern, dass die Stippvisiten jener, die ständig auf der Jagd nach Geld und Erfolg waren, befriedigend ausfielen, dass ihr Besitz immer ordentlich und gepflegt aussah.

Schröck dämpfte die Zigarette aus und ging zu seinem Wagen. Er war felsenfest davon überzeugt, dass ihn Lena Bichler, Schultes Freundin, in dieser verzwickten Geschichte weiterbringen konnte, die nun schon das zweite Opfer gefordert hatte. Denn zweifelsfrei gab es einen Zusammenhang zwischen den Morden an Bastian Lehner und Justin Schulte.

Als er den Polizeiwagen vor dem Bauernhof der Bichlers sah, befürchtete Schröck schon, zu spät gekommen zu sein. War Lena auch etwas zugestoßen? Er hielt hinter dem Streifenwagen an und stieg aus. Auf dem Beifahrersitz saß ein Beamter, den Schröck von seinem ersten Besuch im Bezirkskommando kannte. Als er an die Seitenscheibe klopfte, stieg der Polizist aus und begrüßte ihn wie einen alten Kollegen.

»Was führt Sie denn in aller Früh hier heraus?«, erkundigte sich Schröck.

»Die Reitlerin hat uns angerufen, ihre Tochter ist verschwunden.«

»Seit wann?«

»Seit gestern. Mein Kollege ist gerade drinnen bei ihr. Normalerweise warten wir ja mit der Suche nach Vermissten vierundzwanzig Stunden, wenn es sich nicht um Kinder und Jugendliche handelt. Aber nach dem, was gestern vorgefallen ist, sind wir gleich herausgefahren. Der Bursche, den wir gestern tot aufgefunden haben, zählte zum Freundeskreis des Mädchens. Ich hoffe nur, dass Lena nichts zugestoßen ist.«

»Das hoffe ich auch«, sagte Schröck und seufzte.

Die Tür zum Bauernhof ging auf, und ein zweiter Beamter trat mit Lenas Mutter heraus. Schröck konnte nicht verstehen, was sie redeten, aber offensichtlich sprach ihr der Polizist Mut zu. Immer wieder tätschelte er ihre Schulter, während sich die Frau mit einem Schürzenzipfel übers Gesicht wischte. Dann verabschiedete er sich von ihr und kam zum Streifenwagen zurück. Er grüßte Schröck mit einem Nicken.

»Was war denn?«, fragte der andere Polizist.

»So wild wie angenommen ist es anscheinend doch nicht. Das Mädchen ist zwar fort, hat aber einen Koffer gepackt und ihren Pass mitgenommen. Eigentlich wäre ja auch gar nichts dabei, es wäre sogar okay, wenn sie abgehauen wäre, sie ist ja schon volljährig. Ich glaube nicht, dass ihr etwas zugestoßen ist. Sie hat das Moped genommen, aber damit kommt sie nicht weit. Wenn sie Kitzbühel hätte verlassen wollen, hätte sie entweder den Zug oder den Bus nehmen müssen. Lass uns zum Bahnhof fahren, vielleicht wissen die dort etwas. – Hat mich gefreut«, sagte er zu Schröck. »Auf Wiedersehen.«

Schröck wartete, bis sie gefahren waren, dann ging er zum Bauernhof hinüber und klingelte.

»Was wollen Sie denn schon wieder?«, fragte Lenas Mutter abweisend, ihre Augen waren vom Weinen gerötet.

Schröck war klar, dass sie gerade jetzt überhaupt keine Lust haben würde, sich mit einem Fremden über den Tod von Lenas Freund zu unterhalten, also versuchte er es mit der Wahrheit. »Frau Bichler, ich habe Sie bei unseren ersten Begegnungen angelogen. Ich bin kein Verwandter von Gustav Schulte.« Er zog seine Geldbörse aus der Tasche und hielt ihr seinen Dienstausweis hin. »Ich arbeite für den deutschen Bundesnachrichtendienst. Gustav Schultes Vater hat uns gebeten, Ermittlungen hinsichtlich des Ablebens seines Sohnes anzustellen. Ich weiß, dass es im Moment sehr schwer für Sie ist, aber vielleicht kann ich Ihnen auch bei der Suche nach Lena behilflich sein.«

Die Frau schaute ihn erstaunt an.

»Wir haben Grund zur Annahme, dass Gustavs Tod kein Unfall war und der Mord an Bastian Lehner im Zusammenhang mit ihm steht. Ich glaube nicht, dass Ihrer Tochter etwas zugestoßen ist, aber ich bin überzeugt davon, dass ihr Verschwinden mit beiden Vorkommnissen zu tun hat. Je eher ich weiß, was hier vor sich geht, desto besser können ich und meine Kollegen vom BND Ihre Tochter beschützen.«

Das Gesicht der Frau schien bei seinen Worten einzufrieren. Sie wankte. Schröck dachte schon, sie würde vor seinen Augen in Ohnmacht fallen, aber dann machte sie einen Schritt zur Seite und hielt ihm wortlos die Tür auf.

Schröck trat ein. In dem schmalen dunklen Gang roch es nach Essen und auch ein wenig nach Stall. Lenas Mutter ging an ihm vorbei, öffnete die Tür zur Stube und bedeutete ihm einzutreten. »Nehmen Sie Platz«, sagte sie mit tonloser Stimme. »Wollen Sie vielleicht einen Kaffee?«

Schröck lehnte dankend ab. »Ich will Sie nicht lange aufhalten.«

Sie setzte sich zu ihm an den Tisch und schaute ihn auffordernd an.

»Frau Bichler, ich möchte Ihnen helfen, aber dafür muss ich wissen, mit wem Ihre Tochter in Gustav Schultes Umfeld Kontakt hat.«

»Ich kenne diese Leute nicht, aber der Gustl war immer viel mit Lena zusammen. Manchmal hat er sie auch von der Schule in St. Johann abgeholt. Wir haben den Gustav schon gekannt, als er noch ein kleiner Bub war. Sein Großvater war mit meinem Schwiegervater oft auf der Jagd. Der Gustl war immer nett und höflich. Manchmal waren auch die zwei Münchner Burschen bei ihm, die drüben in Münichau wohnen. Mein Mann mag sie nicht. Er sagt, sie seien zwei Nichtsnutze, die ihren Eltern auf der Tasche liegen und noch nie etwas Gescheites gearbeitet haben, aber Lena hat erzählt, dass sie in München studieren. Allerdings habe ich mich auch schon gefragt, wie sie denn studieren wollen, wenn sie doch fast das ganze Jahr über hier in Kitzbühel sind. Ich habe keine Ahnung, was meine Tochter mit den furchtbaren Dingen, die in letzter Zeit geschehen sind, zu tun haben soll, das müssen Sie mir glauben.« Sie verschränkte ihre Finger und drückte sie so fest aneinander, dass die Knöchel weiß wurden.

»Ich glaube nicht, dass Lena etwas Illegales angestellt hat«, versuchte sie Schröck zu beruhigen. »Aber vielleicht hat Gustav Schulte ihr ja etwas erzählt, was uns weiterhilft. Haben Sie eine Idee, wohin oder zu wem Lena gefahren sein könnte?«

Die Frau kniff die Lippen zusammen und schüttelte den Kopf.

»Gestern haben Sie mir gesagt, dass Lena bei einer Freundin übernachten würde. Vielleicht hat sie der ja mehr als Ihnen erzählt.«

»Die Julia habe ich schon angerufen. Sie weiß auch nicht, wo Lena sein könnte.«

Schröck betrachtete die Frau. Er hatte das Gefühl, als verschweige sie ihm etwas. Als sich ihre Blicke trafen, senkte sie beinahe schuldbewusst den Kopf.

»Frau Bichler, auch wenn es Ihnen noch so unwichtig erscheint, sollten Sie mir jetzt alles erzählen, was Sie wissen. Es geht schließlich um Ihre Tochter.«

»Also gut«, sagte sie und wischte sich die Hände an ihrer Schürze ab. »Die Lena ist ein sehr ordentliches Mädchen. Vor zwei Tagen war ich oben in ihrem Zimmer, sie war gerade nicht daheim, da habe ich über ihrem Kleiderschrank eine große Spinnwebe gesehen. Lena ekelt sich vor Spinnen, also habe ich sie weggemacht. Und weil ich schon dabei war, wollte ich gleich noch den Kasten abstauben, dabei habe ich, ganz obendrauf, eine Aktentasche gefunden. Ich war neugierig, weil ich sie noch nie bei Lena gesehen hatte. Zuerst wollte ich ja gar nicht, aber dann habe ich sie doch aufgemacht.«

»Und was war in der Tasche?«

»Eine Mappe mit Papieren und zwei Umschläge mit hunderttausend Euro, auf denen ›Für Lena‹ stand.«

»Haben Sie das Geld gezählt?«, fragte Schröck.

»Nein, aber es war ein Brief dabei. Von Justin. In ihm stand, dass Lena, wenn ihm etwas zustoßen sollte, das Geld nehmen, die Mappe einem Anwalt in München geben und sich so schnell wie möglich aus dem Staub machen soll.«

»Haben Sie sich die Papiere näher angesehen?«, fragte Schröck.

»Ja. Sie sahen aus wie Seiten aus einem Kassabuch. Lauter Einnahmen, viel Geld. Wissen Sie, ich kenne mich ein wenig damit aus, weil ich die Buchhaltung für unsere Landwirtschaft mache. Ich habe Lena nichts davon erzählt. Sie mag es nicht, wenn ich in ihr Zimmer gehe, wenn sie nicht da ist. Wenn sie es bemerkt, wird sie immer fuchsteufelswild. Jetzt weiß ich, dass ich sie darauf hätte ansprechen sollen, aber vor zwei Tagen dachte ich noch, es wäre besser, abzuwarten. Letzten Endes ist Lena bisher immer zu mir gekommen, wenn sie in Schwierigkeiten war.«

»Standen irgendwelche Namen auf den Papieren, an die Sie sich erinnern können?«

»Es war immer nur einer, aber der hat mir nichts gesagt: Zehmann. Eine Münchner Adresse war auch dabei, die habe ich mir allerdings nicht gemerkt.«

»Zehmann«, wiederholte Schröck fassungslos. Wie schmerzlich es doch war, seine eigene Naivität zu erkennen.

»Wissen Sie denn, wer das ist?«, fragte Lenas Mutter.

Schröck nickte. So wie ihn die Frau anschaute, musste er ein ziemlich dummes Gesicht machen.

»Und glauben Sie, dass dieser Zehmann etwas mit dem Tod vom Gustl zu tun hat?«

Schröck nickte mehrmals stumm, dann riss er sich am Riemen. »Frau Bichler, hat Ihre Tochter die Aktentasche mitgenommen, als sie verschwunden ist?«

»Nein, ich habe gleich nachgesehen. Sie ist noch oben, allerdings ist sie jetzt leer.«

»Sie haben mir sehr geholfen, ich danke Ihnen. Ich werde mich sofort darum kümmern, dass auch unsere Leute nach Ihrer Tochter suchen werden. Haben Sie vielleicht ein aktuelles Foto für mich? Dann würde ich davon ein Bild mit meinem Smartphone machen und es gleich an unsere Zentrale schicken. So verlieren wir keine Zeit.«

Lenas Mutter stand auf und verließ die Stube. Wenig später kam sie mit einem gerahmten Foto wieder, das ein hübsches junges Mädchen mit einem fröhlichen Lachen zeigte.

Schröck fotografierte das Bild, prüfte die Qualität der Aufnahme und ließ das Handy wieder in seine Jackentasche gleiten. »Ich danke Ihnen«, sagte er. »Ich mache mich jetzt auf den Weg. Wenn ich etwas erfahre, hören Sie sofort von mir.«

Sie brachte ihn zur Tür, und Schröck ging wütend zu seinem

Wagen. Er hätte sich ohrfeigen können. Er hatte sich von Eva Zehmanns Gesülze widerstandslos einlullen lassen und war wie ein Schuljunge auf ihr Theater hereingefallen.

Aber damit war jetzt Schluss. Eva Zehmann würde zwar kaum eigenhändig Schultes Wohnung in die Luft gesprengt und Bastian Lehner ermordet haben, doch Schröck zweifelte keine Sekunde daran, dass sie als Drahtzieherin hinter den Morden steckte. Jetzt galt es nur noch, ihr Motiv herauszufinden.

Im Auto wählte er Heinrichs Nummer. Nach zwei Freizeichen hatte er ihn dran. »Hallo, Klaus. Ich habe gestern Abend eine Personenüberprüfung angefordert. Jetzt hatte ich ein Gespräch mit der Mutter der Freundin von Gustav Schulte – das Mädchen ist übrigens seit gestern abgängig – und bin mir sicher, dass die besagte Person mit dem Mord an ihm zu tun hat«, sagte Schröck.

»Ich habe die Ergebnisse schon auf dem Tisch und wollte dich gerade anrufen. Da hast du offenbar einen ganz dicken Fisch am Haken, Michael. Die Sache wird haushohe Wellen schlagen, das kann ich dir jetzt schon prophezeien. Beim Sport kennen viele Leute keinen Pardon.«

»Beim Sport?«, fragte Schröck erstaunt. »Ich dachte, es ginge hier um Mord?«

»Tut es ja auch. Der gute Herr Staatssekretär wird wohl oder übel der Politik Adieu sagen müssen, wenn die Sache öffentlich wird, und das wird sie ganz sicher. Die Meute wird ihn zerreißen.«

»Jetzt rede halt mal Klartext, ich habe keine Ahnung, was du meinst.«

»Eva Zehmann hat eine gut gehende Firma, die junge Sporttalente sucht und managt, aber das weißt du ja schon. Außerdem besitzt sie Anteile von Trainingseinrichtungen und Werbeanlagen in Wettkampfstadien, eine Kette von Fitnessstudios und scheffelt damit Tausende von Euro. Und obwohl sie mit diesen Geschäften mehr als ausgelastet sein sollte, führt sie nebenher immer noch die Schokoladen- und Pralinenfabrik ihres verstorbenen Vaters. Allerdings wirft das Unternehmen nur mäßigen Gewinn ab, es beliefert hauptsächlich kleinere Läden in der Münchner Umgebung.«

»Vielleicht macht sie das aus reiner Sentimentalität?«, warf Schröck ein.

»Könnte man denken, wenn man die Geschichte der Zehmanns nicht kennt. Sagt dir eigentlich Panzerschokolade etwas, Michael?«

»Nicht viel, aber war das nicht ein Aufputschmittel im Krieg?«

»Genau, im Zweiten Weltkrieg wurde das Zeug millionenfach an Soldaten verteilt. Panzerschokolade war nicht wirklich eine Süßigkeit, es war sozusagen ein Spitzname. Andere Bezeichnungen dafür waren Stuka-Tabletten oder Hermann-Göring-Pillen. Panzerschokolade wurde als Mittel zur Dämpfung des Angstgefühls und zur Steigerung der Leistungsfähigkeit bei Soldaten eingesetzt. Selbst Hitler soll süchtig nach ihr gewesen sein, und auch noch nach dem Krieg wurde das Pervertin eingesetzt, das nichts anderes war als heutzutage das Crystal Meth. Das Zeug wurde von den Armeen auf beiden deutschen Seiten gebunkert. Erst 1970 hat unsere Bundeswehr die Pillen aus ihrem Sanitätsbestand gestrichen, die Nationale Volksarmee sogar erst 1988. Es schmerzt mich, das Folgende zu sagen, du weißt, ich liebe Fußball über alles, aber das Wunder von Bern, bei dem unsere Mannschaft 1954 den damaligen Favoriten Ungarn durch überragenden Einsatz besiegt hat, dürfte ebenfalls auf das Konto der Droge gehen. Einige Spieler erkrankten später an Hepatitis, und bei praktisch allen traten unterschiedlich schwere Leberschäden auf.«

»Wirklich interessant, aber was soll das mit unserem Fall zu tun haben?«, fragte Schröck.

»Warte, jetzt kommt's. Es gab auch noch eine andere Verabreichungsmethode des Stoffes als in Pillenform. Das Zeug wurde als ›Zehmanns Panzerschokolade mit Lorbeer und Pervertin, handgeschöpft in den Hermann-Göring-Werken‹ verkauft. Sogar Pralinen gab es mit dem Zeug. Selbst biedere Hausfrauen bedienten sich der Nascherei, um ihre nur zu verständlichen Depressionen und ihre Antriebsschwäche in den Griff zu bekommen. Als Rohstoffe wie Kakao und Butter nicht mehr Mangelware waren, sperrte Zehmann seine Fabrik wieder auf und produzierte nach dem Krieg stinknormale Schokolade. Sein Sohn führte die Produktion bis zu seinem Ableben ebenso brav und bieder weiter, nur das Töchterchen hatte offenbar andere Pläne und griff die Idee ihres sauberen Großvaters wieder auf. Nach dem ersten Blick auf die Ergebnisse deiner Anfrage habe ich der Münchner Staatsanwaltschaft eine Information zukommen lassen. Bereits in den Morgenstunden gab es eine Hausdurchsuchung in Zehmanns Firma. Und was soll ich dir sagen, die alten Keller sind sowohl Lager für Methamphetamin als auch für allerlei Schokoladenfertigprodukte, die mit der Droge versetzt waren. Klingelt es bei dir?«

Schröck schlug sich mit der Hand auf die Stirn. »Das ist ja wohl eine megamäßige Schweinerei! Die jungen Sportler haben Schokolade genascht und sich dabei nichts Schlimmes gedacht.«

»Genauso ist es«, sagte Klaus Heinrich. »Und dann haben sie trainiert wie die Irren und dabei ihre Gesundheit aufs Spiel gesetzt. Immerhin ist man dabei ein wenig intelligenter vorgegangen als noch vor sechzig Jahren. Auf den Gehaltslisten, die wir gefunden haben, standen auch Ärzte. Die scheren sich zwar anscheinend nicht die Bohne um ihren Eid, haben aber darauf geachtet, dass die Jungs und Mädels nicht gleich krank wurden oder unter Mangelerscheinungen litten. Ein paar Tage vor dem Wettkampf hat man ihnen kein Methamphetamin mehr verabreicht, damit im Blut nichts nachzuweisen war.«

»Na toll, und Schulte junior war der Drogenkoch. Aber vermutlich ist er zu gierig geworden, sodass er sterben musste«, sagte Schröck.

»Können wir nachweisen, dass Eva Zehmann das Zeug von Schulte bekommen hat?«, fragte Klaus Heinrich.

Schröck erzählte ihm, was er zuvor von Lenas Mutter erfahren hatte. »Gustav Schulte hat sich abgesichert, aber seine Rechnung ist nicht aufgegangen. Sie haben ihn trotzdem umgebracht. Vermutlich hat er Eva Zehmann gesagt, er hätte die Beweise für ihr Tun irgendwo versteckt, um sein Leben zu schützen. Wahrscheinlich hat man nach seinem Tod versucht, etwas aus seinem Freund Bastian Lehner herauszuprügeln, aber da der nichts wusste oder nichts sagen wollte, wurde auch er ermordet. Lena Bichlers Verschwinden wird die Zehmann und ihre Helfershelfer wieder auf den Plan rufen. Wir müssen das Mädchen so schnell wie möglich finden, es schwebt in größter Gefahr.«

»Und außerdem ist Lena Bichler eine wichtige Zeugin«, ergänzte Klaus Heinrich.

Aber die Zeugenfunktion war Schröck in diesem Moment völlig egal. Lena hatte vermutlich rein gar nichts mit der Sache zu tun und musste dringend aus dem Schussfeld gebracht werden, sollte nicht noch ein junger Mensch zu Schaden kommen.

»Gut«, sagte Heinrich. »Ich nehme das in die Hand, und du kümmerst dich um Eva Zehmann. Sie hat sich in München noch nicht blicken lassen. Die Telefone werden überwacht. Sie dürfte noch nichts von der Razzia in ihrer Firma wissen. Wir haben auf strengste Geheimhaltung bestanden. Ich gehe also davon aus, dass sie sich noch immer in Kitzbühel aufhält.« Heinrich gab Schröck ihre Adresse durch, und sie vereinbarten, sich sofort gegenseitig zu informieren, wenn sich etwas Neues ergab. Schröck ließ den Motor seines Wagens an und raste in Richtung Stadt zurück.

26

Lena hatte die Nacht am Innsbrucker Bahnhof verbracht. Natürlich hätte sie sofort, als sie mit dem Regionalzug angekommen war, ein Ticket nach Italien oder sonst wohin lösen können, aber sie fühlte sich verloren und hatte keine Energie, um eine Entscheidung zu treffen. Eigentlich wollte sie nur zurück nach Hause, obwohl sie wusste, dass genau das unmöglich war. Sie musste an die Worte ihres Großvaters denken, der immer, wenn sie von fernen Ländern träumte, nur den Kopf schüttelte und sagte: »Wenn einer von zu Hause weggeht, verliert er den Boden unter den Füßen.«

Tatsächlich hatte sie das Gefühl, in der Luft zu hängen. Selbst wenn sie irgendwann irgendwo wieder Fuß fassen würde, war Glück doch nur wirklich real, wenn man es mit jemandem teilen konnte. Aber mit wem? Justin war tot, und ihre Familie und Freunde würden dann auch weit weg sein.

Sie war erleichtert, dass sie die Leute vom Bahnhofswachdienst in Ruhe ließen. Eine junge Frau mit Koffer erregte kein Aufsehen. Kurz waren auch Polizisten aufgetaucht. Lena hatte erst gedacht, sie wären ihretwegen gekommen, aber dann hatten sie nur ein paar Halbwüchsige nach Drogen durchsucht, jedoch bei ihnen nichts außer ein paar kleinen Fläschchen Jägermeister gefunden. Sie hatten sie aus dem Bahnhof geführt und vermutlich zurück zu ihren Eltern nach Hause gebracht.

Lena ging ins Freie. Taxis hielten, Menschen stiegen aus, schleppten ihr Gepäck in den Bahnhof, küssten und winkten sich zum Abschied. Sie aber hatte sich heimlich wie ein Dieb aus dem Haus geschlichen. Ohne Adieu zu sagen, ohne die guten Ratschläge ihrer Großmutter und Mutter über sich ergehen zu lassen, ohne den Ermahnungen ihres Vaters zu lauschen und dem wortlosen Blick ihres Großvaters zu begegnen, der gesagt hätte, dass er sich keine Sorgen um sie machte, weil seine

Lena sowieso alles schaffte, was sie sich vornahm – auch in der Fremde.

Die dunklen Wolken spiegelten sich in der Glasfassade. Lena betrachtete ihr Spiegelbild. Sah sie so schrecklich aus, wie sie sich fühlte? Das Gesicht, das ihr entgegenblickte, war bleich. Die trotzige Verzweiflung, die in ihm lag, war nicht zu übersehen. Es war nicht gerecht, was ihr widerfuhr, aber sie hatte keine Wahl. So würde ihrer Familie wenigstens die Schande erspart bleiben, dass alle Dorfbewohner wussten, dass eines ihrer Mitglieder auf die schiefe Bahn geraten war, weil sie sich mit den feinen Pinkeln eingelassen hatte. Trotzdem würden die Nachbarn sich das Maul zerreißen. »Es ist immer nicht nur einer schuld.« »Da muss schon zu Hause etwas nicht gepasst haben.« Lena konnte gleichsam ihre Stimmen durcheinanderreden hören.

Sie hatte sich vorgenommen, alles in einem Brief niederzuschreiben und diesen, wenn ein wenig Zeit verstrichen war, an die Polizei zu schicken. Das war sie den jungen Sportlern schuldig, die sicher keine Ahnung davon hatten, dass man ihnen Meth ins Essen mischte, dass man sie schamlos benutzte und ihr Leben ruinierte, um mit ihren Leistungen Geld zu machen. Justin hatte alles genauestens notiert, sie konnte es nicht für sich behalten. Dann würde man vielleicht neuerlich untersuchen, was mit Justin passiert war, und es würde sich herausstellen, dass diese Leute ihn umgebracht hatten. Dass sie selbst Meth genommen hatte, würde sie verschweigen, schon aus Rücksicht auf ihre Eltern. Lena stöhnte auf. Was hätte sie jetzt dafür gegeben, sich ein paar Milligramm von dem Zeug reinzuziehen, um sich nicht so verloren fühlen zu müssen.

Sie spielte mit dem Gedanken, Julia anzurufen, wagte es jedoch nicht. Eigentlich hätte sie ihr Handy längst wegwerfen sollen. Mobiltelefone ließen sich orten, auch wenn sie ausgeschaltet waren. Deshalb hatte sie zu ihrem Schutz, wie sie es vor einiger Zeit einmal in einem Film gesehen hatte, den Akku herausgenommen.

Die kühle Luft des trüben Oktobertages blies ihr ins Gesicht.

Ein Passant schlug den Kragen seines Parkas hoch und lächelte sie an. Da war sie wieder, die Angst. Man würde sie verfolgen, hatte Justin geschrieben, sie könne niemandem trauen, diese Leute schreckten vor nichts zurück. Lena ging mit ihrem Koffer zurück in die Bahnhofshalle. Im gedämpften Gemurmel der Reisenden, inmitten der dröhnenden Lautsprecherdurchsagen fühlte sie sich sicherer. An einem Fahrplanaushang suchte sie den nächsten Zug nach Italien. Wenn sie ihn nahm, würde sie um halb zwölf, also bereits in einer halben Stunde, Tirol verlassen haben und acht Stunden später in Rom sein. Sie gab sich einen Ruck, ging zum Kassenschalter, vor dem sich eine Schlange gebildet hatte, und stellte sich hinten an. Die meisten der Wartenden trugen einen gleichmütigen Blick zur Schau, ein paar unterhielten sich, ein junges Paar schmuste, als wäre es allein auf der Welt, und Lena musste daran denken, wie sie sich immer ausgemalt hatte, mit Justin fremde Städte zu erkunden, in einem kleinen Lokal am Meer zu sitzen und gemeinsam den Sonnenuntergang zu betrachten. Doch zu nichts davon würde es je mehr kommen.

27

»Frau Zehmann?«, tönte eine aufgeregte Männerstimme aus dem Handy.

»Wer spricht da?«, fragte Eva Zehmann gereizt, während sie mit nassen Füßen auf dem Kuhfell in ihrem Wohnzimmer stand. Der Anrufer hatte sie aus der Dusche geholt.

»Sie waren in der Fabrik und haben alles mitgenommen! Die Schokolade und das Meth haben sie auch gefunden«, sagte der Mann.

Eva Zehmann zog den Gürtel ihres Bademantels enger und ließ sich auf eine Lehne ihrer ausladenden Wohnlandschaft sinken. »Wer?«, fragte sie mit frostiger Stimme.

»Die Polizei, jemand von der Staatsanwaltschaft, was weiß denn ich? Sie haben alle Akten und die Computer abgeholt und die Firma gesperrt. Ich habe noch gesehen, wie sie den Produktionsleiter und Ihre Sekretärin zu einem Wagen geführt haben, dann bin ich über den Hof abgehauen. Es sah aus, als hätten sie sie verhaftet. Sie müssen untertauchen, Frau Zehmann. Ich musste Sie einfach anrufen, das war ich Ihnen schuldig. Sie haben mir damals einen Job gegeben, als ich aus dem Knast entlassen wurde.«

Bevor Eva Zehmann noch einmal nachfragen konnte, wer der Mann am Telefon eigentlich war – um das untergeordnete Personal hatte sie sich nie groß gekümmert –, wurde die Verbindung getrennt. Kraftlos ließ sie die Hand mit dem Telefon sinken, stand auf, ging zu ihrem Schreibtisch, öffnete eine Lade und entnahm ihr ein Prepaid-Handy. Sie wählte die Nummer ihrer Sekretärin und legte sofort wieder auf, als sich eine fremde Männerstimme meldete. Der Anrufer hatte also nicht gelogen.

Sie ging ins Schlafzimmer, öffnete den Kleiderschrank und zog einen Stapel Pullover aus dem mittleren Fach heraus. Ein Safe kam zum Vorschein. Sie tippte eine Zahlenkombination ein, wartete ein paar Sekunden, bis ihr das mechanische Klicken signalisierte, dass die Verriegelung aufgehoben war, zog die schmale Stahltür auf, holte ihren Pass und einige Bündel mit Fünfhundert-Euro-Scheinen aus dem Tresor und legte alles auf ihr halbrundes Wasserbett. Dann nahm sie ihre zwei Louis-Vuitton-Koffer aus dem Abstellraum, warf sie ebenfalls aufs Bett, öffnete sie und begann zu packen. Das Geld stopfte sie in einen Schmutzwäschesack und legte ihn in einem der Koffer obenauf. Sie packte nur das Notwendigste ein, die meisten Kleider und Schuhe waren leicht zu ersetzen. Wie oft hatte sie dieses Szenario im Geist schon durchgespielt? Natürlich hatte sie vorgesorgt, sodass sie sich um Geld keine Sorgen machen musste. Ihr Vermögen befand sich auf Auslandskonten, auf die nur sie Zugriff hatte. Sie ging ins Bad und cremte sich ein, trocknete mit dem Föhn ihre Haare und nahm sich sogar noch die Zeit, sich mit dem Ondulierstab ein paar verspielte Locken zu drehen. Nachdem sie schlichte Jeans und eine klassische weiße Bluse angezogen hatte, schminkte sie sich sorgfältig, nahm ihre Handtasche, die zwei Koffer und einen dunklen Parka mit Fellkapuze und verließ ihr Apartment, ohne sich noch einmal umzusehen.

Als sie mit dem Aufzug nach unten fuhr, begegnete ihr niemand. Im Halbdunkel der Parkgarage verstaute sie ihr Gepäck im Kofferraum, startete den Motor des Wagens und lenkte ihn die engen Kurven zur Ausfahrt hinauf.

Kofler wartete schon seit dem Vormittag vor Eva Zehmanns Haus. Am Abend zuvor hatte er ein paar Leute aufgesucht, die ihm einen Gefallen schuldig waren. Er hatte ihnen das Foto gezeigt, das ihm der Doktor geschickt hatte, und war schnell erfolgreich gewesen. Ein Kellner, der noch Spielschulden bei ihm hatte, erkannte Eva Zehmann und wusste sogar, wo sie wohnte.

Als Kofler nun ihren Wagen die Auffahrt hochfahren sah, stieg er aus dem Auto, zog sich Lederhandschuhe über, während er auf die Schranke zuging, und stellte sich neben den Entwertungsautomaten. Er vergewisserte sich, dass niemand sonst in der Nähe war. Die Luft war rein und der Platz günstig. Die Ausfahrt an der Rückseite des Gebäudes war von der Fahrbahn aus nicht einzusehen.

Eva Zehmann beachtete Kofler kaum. Sie ließ die Seitenscheibe herunter und nickte ihm zu, als sie ihn ein wenig abseits stehen sah. Als sie die Magnetkarte in den Entwerter schob, war Kofler jedoch mit zwei Schritten bei ihr und packte sie am Handgelenk. Bevor Eva Zehmann noch begriff, was mit ihr geschah, fasste er sie an den Haaren und schlug ihren Kopf auf das Lenkrad. Dann riss er die Fahrertür auf und zerrte die Benommene aus dem Wagen. Sie wollte schreien, aber er war schneller und presste ihr die Hand auf den Mund. Mit weit aufgerissenen Augen starrte Eva Zehmann in sein ausdrucksloses Gesicht.

Kofler keuchte. Alles musste jetzt schnell gehen, hier waren sie nicht sicher. Jeden Moment konnten Passanten auftauchen. Er griff nach ihrem Hals, der so zerbrechlich und so unglaublich weiß schien. Ein kurzer Dreh, und ihr Genick würde wie Glas knacken und zerbrechen. Plötzlich hörte er Schuhe über das Kopfsteinpflaster klappern, dann die Stimmen zweier Frauen, die sich lachend unterhielten. Bloß weg hier! Er schlang seinen Arm um Eva Zehmanns Hüfte, stieß sie wie eine Puppe auf den Beifahrersitz hinüber und sprang ins Auto. Der Motor heulte auf, und das Heck des Wagens schrammte mit einem hässlichen Geräusch im Rückwärtsgang an der Wand entlang, zurück ins schummrige Licht der Garage.

Eva Zehmann hatte sich gefangen, sie schrie auf, doch Kofler schlug ihr mit dem Handrücken brutal ins Gesicht, sodass sie wieder verstummte. Dann wendete er und entdeckte eine Parklücke. Er wollte darauf zusteuern, als sich die Fahrstuhltür öffnete. Ein Mann kam heraus und ging zielstrebig auf die Reihe der geparkten Autos zu. Kofler legte den ersten Gang ein, rollte langsam an ihm vorbei und hielt ein Stück weiter hinten an. Als Eva Zehmann den Versuch machte, den Kopf zu heben, drückte Kofler sie brutal nach unten. Er wartete, bis das Brummen des anfahrenden Wagens verklungen war, dann stellte er das Auto zwischen zwei Kleinbussen ab. Die halb bewusstlose Eva Zehmann stöhnte auf.

»Jetzt hör mir gut zu«, sagte er, packte sie am Hals und drückte leicht zu. »Wenn du einigermaßen heil aus der Sache herauskommen willst, bist du jetzt schön artig und gehst mit mir in deine Wohnung hinauf, klar?«

»Was wollen Sie?«, krächzte Eva Zehmann. »Geld? Hinten im Wagen ist welches, in einem meiner Koffer. Bedienen Sie sich, aber lassen Sie mich in Ruhe.«

»Nichts da. Wir machen es so, wie ich es gesagt habe. Und den Koffer nehmen wir mit. Wenn du versuchst, um Hilfe zu rufen oder wegzulaufen, bist du tot. Haben wir uns verstanden?«

Sie nickte stumm.

»Und halte dir ein Taschentuch vor den Mund. Es kommt nicht gut, wenn dich jemand so sieht.« Er griff in seine Hosentasche und zog ein zusammengeknülltes Stofftaschentuch heraus.

Widerwillig presste Eva Zehmann es auf ihre aufgeplatzten Lippen.

Kofler stieg aus, ging zur Beifahrerseite und hielt Eva Zehmann die Tür auf. Als sie seinem Empfinden nach nicht schnell genug ausstieg, packte er sie am Arm und zerrte sie gewaltsam heraus. Sie wankte und stützte sich am Autodach ab.

»Wo sind die Wohnungsschlüssel?«, herrschte er sie an.

Sie machte eine Kopfbewegung Richtung Wageninneres.

Kofler beugte sich in das Auto, zog die Schlüssel von Wagen und Wohnung vom Zündschloss ab und hielt sie ihr hin. »Da. Du gehst vor, das Geld nehmen wir mit.«

Mit zitternden Händen öffnete Eva Zehmann den Kofferraum.

»Zeig es mir«, forderte er.

Sie öffnete einen der beiden Koffer und zog den Wäschebeutel heraus.

Wieder packte Kofler sie am Hals, während er mit der freien Hand hineingriff und ein paar Bündel Fünfhunderter herauszog. »Auf den ersten Blick ziemlich viel Moos«, sagte er und grinste. »Pack alles wieder ein, wir nehmen beide Koffer mit. Und vergiss deine Handtasche nicht.« Er klemmte sich einen Koffer unter den Arm und folgte Eva Zehmann, die den anderen nachzog, zum Aufzug.

»Welches Stockwerk?«, fragte er, als sie im Lift standen.

Sie drückte wortlos auf die Taste mit der Drei. Der Lift setzte sich in Bewegung, wurde dann jedoch wieder langsamer und stoppte im Erdgeschoss.

»Kein Wort«, zischte Kofler und legte den Finger auf den Mund.

Als die Aufzugstür zur Seite glitt, stand ein Mann direkt vor ihnen. Kofler erstarrte. Er hatte ihn sofort erkannt. Es war der BND-Agent, dessen Bild ihm der Doktor gezeigt hatte.

»Helfen Sie mir!«, schrie Eva.

Aber bevor Schröck noch begriff, was los war, ließ Kofler den Koffer fallen, fasste Schröck mit einer Hand an der Schulter und hieb ihm die Faust der anderen in den Magen. Als Schröck sich krümmte, versetzte er ihm einen Stoß, dass er in den Eingangsbereich des Apartmenthauses zurücktaumelte. Kofler hämmerte auf den Schließknopf ein, bis die Tür endlich zuging, dann fuhren sie ohne weiteren Halt bis in den dritten Stock. Der Gang war leer. Kofler zog Eva Zehmann aus dem Lift. »Wohin jetzt?«

Sie deutete auf eine Tür am Ende des Flurs, und Kofler stieß sie hart in den Rücken, sodass sie darauf zustolperte. »Aufmachen!«

Eva Zehmann brauchte eine Weile, um mit dem Schlüssel das Schloss zu treffen. Ungeduldig stieß Kofler ihre Hand weg, um selbst aufzuschließen. Er drängte sie in den Flur und zog die Tür hinter ihnen zu.

»Wo ist das Schlafzimmer?«

»Sie werden doch nicht …?«

Anstatt zu antworten, griff Kofler nach ihrer Bluse und riss daran, dass die Knöpfe absprangen. »Das Schlafzimmer?«, wiederholte er drohend.

Starr vor Angst wies Eva Zehmann in die entsprechende Richtung.

Kofler stieß die Tür auf, packte Eva Zehmann um die Hüften und warf sie aufs Bett. »Keine Angst, mit Leuten wie dir fange ich nichts an.« In seinem Blick lag pure Verachtung.

Eva Zehmann hatte sich mit vor der Brust gekreuzten Händen aufs Bett gekauert. Sie war unfähig, sich zu bewegen.

»Ich erzähle dir jetzt, was gestern passiert ist. Du hast in einer deiner Nobelbars zu tief ins Glas geschaut und dir dann einen Mann mit nach Hause genommen. Leider aber musstest du feststellen, dass der nicht so nett war, wie du es dir gewünscht hast. Du hast dich gegen ihn zur Wehr gesetzt, aber er war stärker und hat dich dabei umgebracht. Und wie der Zufall so spielt, weiß ich sogar schon, wer dieser Mann war. Wenn ich mich nicht irre, wird er jeden Moment hier auftauchen. Deutsche Agenten sind auch nur Menschen, man hat ihn schon vorher mit dir zusammen gesehen. Schade, dass er sich auf der Flucht den Hals brechen wird.«

»Sie sind doch verrückt!«, rief Eva Zehmann.

»Das nennst du verrückt? Ich nenne das einen guten Plan.« Gespielt beleidigt verzog Kofler das Gesicht.

Wenige Sekunden später klingelte es an der Tür. Eva Zehmann wollte aufspringen, aber Kofler versetzte ihr einen Schlag auf die Brust, sodass sie aufs Bett zurückfiel und benommen liegen blieb.

Er schlich zur Tür und schaute durch den Spion. Der Flur war leer. »Auch gut«, brummte er. Es musste sich jetzt beeilen, womöglich hatte es sich der BND-Mann anders überlegt und die Polizei verständigt. Kofler warf einen Blick aus dem Fenster. Keine Spur von der Polizei. Eva Zehmann lag noch immer zusammengekrümmt auf dem Bett und stöhnte. Kofler öffnete den Koffer mit dem Geld und legte den Beutel zur Seite. Dann zog er sämtliche Laden des Kleiderschranks auf und begann, Eva Zehmanns Kleidung einzusortieren. Er arbeitete rasch und bemühte sich um Ordnung. Als er fertig war, ließ er ein zufriedenes Grunzen hören und wendete sich Eva Zehmann wieder zu. Er beugte sich über sie und drehte sie auf den Rücken. Sie machte ein paar hilflose Versuche, ihn abzuwehren, aber Kofler schlug ihre Hände weg, als wären es lästige Fliegen, knöpfte ihr die Jeans auf, zog ihr die Hose aus und riss ihr den noch verbliebenen Blusenfetzen vom Leib. Dann drehte er Eva Zehmann wieder auf den Bauch und fingerte am Verschluss ihres BHs herum. Als er sich nicht öffnen ließ, riss Kofler daran, bis sich die Metallhäkchen bogen, und warf ihn schließlich zu den Jeans, die bereits neben dem Bett auf dem Boden lagen. Eva Zehmann erstarrte abermals, diesmal unter Koflers Blick. Er betrachtete ihren Körper nicht lustvoll oder gierig, wie sie es von anderen Männern kannte, sondern wie ein Metzger, der ein Schlachttier begutachtet.

»Du bist eine schöne Frau«, sagte er ernst, »aber da drinnen«, er tippte mit seinem Zeigefinger auf ihre Stirn, »da steckt der Teufel.«

»Und du bist ein völlig durchgeknallter Irrer«, presste Eva Zehmann heraus.

Koflers Gesicht wurde zu einer zornigen Fratze. Wieder legte er ihr seine Hände um den Hals, sie versuchte, sich aufzubäumen, aber er drückte sie mit dem ganzen Gewicht seines Körpers nieder. Seine Daumen tasteten bereits nach ihrem Kehlkopf. Es würde schnell gehen, bevor sie erstickte, würde sie bewusstlos werden. Sie würde nicht länger als ein paar Sekunden leiden müssen. Eigentlich hat sie einen qualvolleren Tod verdient, dachte er. »Es muss wie ein Unglück aussehen«, kamen ihm dann die Worte des Doktors in den Sinn. Aber es würde etwas weit Besseres als nur ein Unglück werden. Die Zeitungen würden sehr diskret über einen Todesfall mit sexuellem Hintergrund berichten. Über Dinge dieser Art redete man hier, wenn denn überhaupt, nur hinter vorgehaltener Hand.

Plötzlich hörte Kofler einen dumpfen Schlag. Er riss den Kopf herum und sah, wie vom Flur her Holzsplitter und Staub durch die offene Schlafzimmertür stoben. Er sprang auf und wollte fliehen, aber der Weg wurde ihm versperrt. Ein schwarzer Riese füllte fast den gesamten Türrahmen aus. Mit einem Aufschrei stürzte sich Kofler auf den Mann, der ihn um fast zwei Köpfe überragte, dieser machte einen Schritt zur Seite, und

Kofler rammte mit Kopf und Schulter die Türzarge. Er verlor das Gleichgewicht und stürzte, rappelte sich jedoch sofort wieder auf und wollte sich ein zweites Mal auf den Mann stürzen, als er den BND-Agenten entdeckte. Wütend fletschte Kofler die Zähne. Der blöde Typ hatte ihm die Tour vermasselt, dafür würde er jetzt büßen. Er warf sich auf Schröck beziehungsweise wollte sich auf Schröck werfen, der aber eine Drehung machte und den Tobenden mit einem gezielten Tritt gegen das Knie stoppte. Kofler brüllte vor Schmerz, als sein Bein einknickte. Schröck setzte nach, schlug einen rechten Haken und traf Kofler diesmal am Kinn, woraufhin dieser wie vom Blitz getroffen zu Boden stürzte und regungslos liegen blieb.

»Das war für den Schlag in den Magen, du dummer Hund«, sagte Schröck und rieb sich in Erinnerung daran den Bauch.

Bruce beugte sich über den Bewusstlosen, berührte ihn mit der Schuhspitze und grinste. »Der ist k. o.! Hätte ich dir gar nicht zugetraut, Agent German.«

»Der Mann wollte mich umbringen!«, schrie Eva Zehmann. In die Bettdecke gehüllt stand sie zitternd im Flur. »Er wollte mich in dem Moment erwürgen, als Sie hier hereingeplatzt sind. Sie haben mir das Leben gerettet.« Ihr Blick war von Schröck zu Bruce gewandert. »Und wer sind Sie?«

»Nur ein Tourist, der offenbar zur richtigen Zeit am richtigen Ort war«, antwortete Bruce.

»Nun gut, dann will ich mir nur schnell etwas anziehen«, stammelte Eva Zehmann und verschwand wieder im Schlafzimmer.

»Was nun?«, fragte Bruce.

»Ich denke, wir werden den Kerl aufwecken und ihm ein paar Fragen stellen. Bin gespannt, was er uns zu erzählen hat.«

»Und was geschieht mit ihr?«

»Ich gehe mal davon aus, dass die Behörde in Kitzbühel bereits nach ihr fahndet. Ich glaube, ich werde ein wenig Amtshilfe leisten und sie bei den Kollegen abliefern. Aber zuerst kümmern wir uns um den da. Pack mal mit an.«

Bruce fasste Kofler unter den Armen, schleppte ihn ins

Wohnzimmer und warf ihn unsanft auf die Ledercouch. Dann gingen sie zu Eva Zehmann ins Schlafzimmer. Sie war bereits angezogen und brachte eben ihre Haare in Ordnung.

»Kennen Sie den Mann?«, fragte Schröck.

»Ich habe ihn nie zuvor gesehen«, sagte sie, während sie noch immer in den Spiegel blickte.

»Er hat nicht für Sie gearbeitet?«

Sie drehte sich um und schaute Schröck entrüstet an. »Wie kommen Sie denn darauf? Ich sagte doch schon, dass ich nicht weiß, wer er ist.«

»Nun, ich dachte, wenn jemand die Kaltblütigkeit besitzt, junge Menschen mit Drogen zu vergiften, dann beschäftigt er oder, wie es in Ihrem Fall richtig hieße, *sie* sicher auch Leute fürs Grobe.«

»Sind Sie gekommen, um mich zu verhaften?«, fragte Eva Zehmann trocken.

»Das kann ich nicht. Aber die österreichische Polizei wird das für mich erledigen.«

»Ich denke nicht, dass man mich hier lang festhalten wird.« Sie zuckte mit den Schultern. »Es gibt schließlich gute Anwälte.«

»Wir werden sehen«, sagte Schröck. »Mich interessiert in erster Linie auch nur, wer Gustav Schulte umgebracht hat. Ich tippe da mal auf Sie. Wollte er mehr Geld für seine Dienste, als Sie bereit waren zu zahlen? Hat er gedroht, Sie auffliegen zu lassen?«

Eva Zehmann lachte auf, zuckte jedoch gleich wieder zusammen. Ihre aufgeplatzten Lippen forderten schmerzhaft Tribut. »Sind Sie verrückt geworden? Justin hat mich nicht erpresst. Wir hatten ein solides Geschäftsverhältnis, er hat mehr als genug bekommen. Und hätte er eine Preisanpassung gefordert, hätten wir darüber wie normale Menschen verhandelt. Ich bin Geschäftsfrau, keine Mörderin.«

»Schönes Geschäft«, sagte Schröck und schaute sie angewidert an.

»Ach, kommen Sie mir bloß nicht mit Ihrer fadenscheinigen Moral. Es ist doch mittlerweile gang und gäbe, dass sich sogar stinknormale Breitensportler Schmerz- und Nahrungsergänzungsmittel reinziehen. Haben Sie überhaupt eine Ahnung davon, was sich Profis freiwillig antun? Entwässerungsmittel, Stickstoffmonoxid-Booster, Fatburner. Letzterer enthält übrigens auch Ephedrin und gehört zum Alltag eines Spitzensportlers. Ich bringe die jungen Leute nur dazu, dass sie ihre Talente nutzen und sich stärker fühlen, wenn sie trainieren.«

»Und das tun Sie aus reiner Nächstenliebe, nicht wahr?«

»Natürlich nicht. Wir müssen alle überleben. Zeigen Sie mir denjenigen, der ablehnt, wenn sich mit irgendeiner Sache viel Geld verdienen lässt.«

»Sie tun mir leid.« Schröck schüttelte befremdet den Kopf. Aber vermutlich hatte Eva Zehmann recht. Leider. Den meisten Menschen ging es doch nur darum, das Beste für sich herauszuholen. Ob jemand dabei auf der Strecke blieb, war ihnen letztlich egal. Vielleicht war es immer schon so gewesen, vermutlich lag so ein Verhalten in der menschlichen Natur, aber dass es zunehmend salonfähig wurde und man sich nicht einmal mehr schämte, wenn man dabei ertappt wurde, deprimierte Schröck. »Was war jetzt mit Schulte junior? Raus mit der Sprache, oder sollen wir wieder gehen und Sie dem Mann im Wohnzimmer überlassen? Ich könnte ihn wieder aufwecken«, herrschte Schröck sie an.

»Das werden Sie nicht tun. Das passt nicht zu Ihnen.« Aus dem Blick, den sie Schröck zuwarf, sprach Geringschätzigkeit. »Aber ich kann Sie in einem Punkt beruhigen: Mit Justins Tod habe ich nichts zu tun, genauso wenig wie mit dem seines Freundes. Halten Sie mich denn wirklich für so naiv, dass ich mich an Sie ranmache und Ihnen auf die Sprünge helfe, wenn ich selbst hinter den Morden stecke? Ich könnte Ihnen –«

Ein Poltern im Flur unterbrach sie. Bruce, der der Zimmertür am nächsten stand, machte einen Schritt in Richtung des Geräuschs, stolperte aber über das Türblatt, das nun gänzlich aus den Angeln gerissen war und quer auf dem Boden lag. Er rappelte sich auf und stürmte auf den Gang hinaus. »Mach du hier weiter, ich schnappe mir den Kerl!«, rief er Schröck zu.

»Sollte er ihm entkommen, sieht es ganz so aus, als würden Sie im Gefängnis sicherer sein als in Freiheit. Der Mann hat offenbar noch eine Rechnung mit Ihnen offen«, wandte sich Schröck wieder an Eva Zehmann.

»Quatsch, der Typ ist nur eine kleine Nummer, die jemand angeheuert hat, um mich auszuschalten.«

»Und wer steht hinter ihm? Haben Sie in dem Geschäft Konkurrenz?«

Eva Zehmann ließ sich aufs Bett niedersinken und machte eine hilflose Geste. »Haben Sie schon einmal daran gedacht, dass es hier vielleicht gar nicht um mich gehen könnte?«, fragte sie.

Er runzelte die Stirn. »Was wollen Sie damit sagen?«

Sie zog die Knie an die Brust und legte ihr Kinn darauf. »Die Sportveranstaltungen in Kitzbühel bringen der Region jährlich achtzig bis hundert Millionen ein. Eine Menge Leute sind darauf bedacht, dass das Ansehen dieses Goldesels keinen Schaden nimmt. Justin hat in letzter Zeit ein wenig zu offensiv agiert. Ich habe ihm gutes Geld bezahlt, viel Geld, aber scheinbar hat es ihm nicht gereicht. Entweder ist er zu gierig geworden, oder er hatte vor, noch einmal in die Vollen zu gehen und sich dann aus dem Geschäft zurückzuziehen, ich weiß es nicht. Jedenfalls hat er begonnen, Crystal Meth an seine Freunde zu verkaufen, von denen sich eigentlich nur wenige das Zeug locker leisten können. Kann doch sein, dass das jemandem sauer aufgestoßen ist.«

»Vielleicht den Leuten, die das Geld mit den diversen Sportveranstaltungen machen?«, fragte Schröck.

»Glaube ich nicht, aber denken Sie weiter. Kitzbühel ist ein Ganzjahresgeschäft. Viele kommen her, um hier ihre Ferien zu verbringen, fast fünftausend haben hier ihren Zweitwohnsitz, alles Menschen, die den geruhsamen Luxus schätzen. Keiner von denen will, dass der Ruf der Stadt in den Dreck gezogen wird oder ihre verzogenen Sprösslinge in Drogenskandale verwickelt werden.«

Schröck verzog ungläubig das Gesicht. »Sie wollen mir erzählen, dass ein aufgebrachter Sommerfrischler Justin mitsamt seiner Wohnung in die Luft gejagt hat? Oder dass die Zweitwohnungsbesitzer bei einem konspirativen Treffen beschlossen haben, einen Auftragskiller zu engagieren, der ihnen den Nestbeschmutzer aus dem Weg räumt?«

Eva Zehmann lachte. »Natürlich nicht. Es gibt Leute, die weit größeres Interesse daran haben, dass hier alles ruhig bleibt, als ein paar Münchner Stadtflüchtlinge. Denken Sie einmal an die, die an den Schalthebeln sitzen. Jene, in deren Händen das Immobiliengeschäft, die Hotels und die Bars sind. Für die wäre ein Skandal eine Katastrophe.«

»Und Sie halten es für realistisch, dass so jemand mitten in seiner Goldgrube von Stadt ein Haus in die Luft jagt, um Aufsehen zu vermeiden? Ist das nicht widersprüchlich?«, fragte Schröck.

»Unfälle geschehen, und in den Medien war bislang nur von einem Unglück die Rede. Vielleicht war es aber auch gar nicht so geplant, jemand hat Mist gebaut, und die Aktion ist aus dem Ruder gelaufen.«

Schröck war immer noch skeptisch, musste jedoch eingestehen, dass Eva Zehmann mit ihrer Hypothese gar nicht mal so danebenliegen könnte, wenn es denn überhaupt eine Hypothese war und sie nicht ohnehin schon wusste, wer die Drahtzieher waren. »Wissen Sie, wer dahintersteckt?«

Sie schüttelte den Kopf. »Deshalb habe ich Sie ja darauf angesetzt.«

Schröck kam sich ziemlich einfältig vor. Er war einfach auf Eva Zehmann hereingefallen. »Haben Sie wenigstens eine Vermutung?«, fragte er ärgerlich.

»Was halten Sie von einem Deal? Ich sage Ihnen, was ich weiß, und Sie geben mir als Gegenleistung einen kleinen Vorsprung, bevor Sie die Polizei verständigen.« Sie warf ihm einen verführerischen Blick zu, der jedoch angesichts ihrer bläulichen Hämatome unter den Augen und der aufgeplatzten Lippen wirkungslos blieb und eher an den verzweifelten Versuch eines Zombies erinnerte.

»Wenn Sie mir einen Namen nennen, könnte es sein, dass ich über den Deal nachdenke«, sagte Schröck und meinte es ernst. Was würden ihr schon ein paar Minuten Vorsprung bringen? Der internationale Haftbefehl war längst draußen, in ein paar Tagen würde man sie schnappen, und wenn nicht, eben ein paar Stunden später. Wichtig war, dass ihr das Handwerk gelegt wurde, nicht wann.

Wütend sprang sie auf. »Ich sagte doch schon, dass ich keine Namen weiß, verdammt!«

Schröck hörte ein Geräusch hinter sich und drehte sich um. Bruce war zurück. Er stand da, stützte die Hände auf seine Oberschenkel und schnappte nach Luft. »Du hast ihn nicht mehr erwischt«, stellte Schröck fest.

Bruce' Bestätigung war ein wortloses Nicken.

»Wenn Sie nichts außer Vermutungen haben, gibt es auch keinen Handel«, sagte Schröck zu Eva Zehmann.

Ihr Gesicht nahm einen verzweifelten Ausdruck an.

Doch nicht so cool, dachte Schröck.

»Sie müssen sich doch nur an den Mann halten, der mich so zugerichtet hat, über kurz oder lang wird er Sie zu seinem Auftraggeber führen.« Sie klang nun ganz und gar nicht mehr so selbstsicher wie noch vor wenigen Minuten.

»Der Mann ist weg«, sagte Schröck trocken.

»Aber vielleicht haben wir doch noch eine Spur«, meldete sich Bruce zu Wort. Er ging auf Eva Zehmann zu, die angesichts seiner beeindruckenden Größe ängstlich auf der Matratze zurückrutschte. Aber Bruce bückte sich nur, griff unter das Bett, zog ein Mobiltelefon heraus, ein älteres klobiges Modell, und hielt es Eva Zehmann vor die Nase. »Ich gehe davon aus, dass das Handy nicht Ihnen gehört, nicht wahr?«

»Ich habe es noch nie zuvor gesehen.«

Bruce drehte sich zu Schröck. »Dann muss es diesem Kerl gehören«, sagte er triumphierend und reichte ihm das Gerät.

Das Handy war nicht passwortgeschützt. Mühelos gelangte Schröck ins Anrufverzeichnis und scrollte sich durch die Nummern. Damit ließ sich sicher etwas anfangen. Er würde sie später im Hotel zur Auswertung an die Zentrale weitergeben. »Also gut«, sagte er schließlich zu Eva Zehmann und zog sein eigenes Handy aus der Tasche.

Der Bezirkskommandant staunte nicht schlecht, als ihm Schröck mitteilte, dass er Eva Zehmann in ihrem Apartment abholen könne. Für ihre Verletzungen zeichne er nicht verantwortlich, so Schröck, ganz im Gegenteil, er habe sie vielmehr vor dem sicheren Tod bewahrt. Bei der Personenbeschreibung des Täters hielt er sich bedeckt. Aus verständlichen Gründen wolle er nicht in die Ermittlungen der Kitzbüheler Polizei hineingezogen werden, ein BND-Agent, der auf österreichischem Boden aktiv auf Verbrecherjagd ging, käme wahrscheinlich nicht gut an. Dann legte er auf.

»Wir haben fünf Minuten, bis die Kollegen eintreffen«, sagte er anschließend. »Frau Zehmann, darf ich bitten?« Schröck streckte ihr seine Hand entgegen.

»Was wollen Sie?«

»Begleiten Sie mich einfach.« Er nickte ihr aufmunternd zu.

Widerwillig rutschte sie vom Bett und stellte sich vor ihn hin. Ihr Gesichtsausdruck war störrisch wie der eines Kindes. »Und jetzt?«

»Jetzt folgen Sie mir bitte ins Badezimmer.«

Schröck ging vor, Eva Zehmann lief ihm hinterher. Bruce übernahm vorsorglich die Nachhut, ihm sollte nicht auch noch Eva Zehmann entwischen. Mit einer ausladenden Geste bedeutete ihr Schröck einzutreten. Eva Zehmann murrte, ging aber schließlich ins Bad und setzte sich auf den Wannenrand. Schröck winkte ihr zum Abschied, versperrte die Tür und legte den Schlüssel auf den Wohnzimmertisch.

Als sie die Wohnung verließen, waren von der Straße her Sirenen von Einsatzfahrzeugen zu hören. Bruce rief den Aufzug, sie fuhren in die Garage und verließen diese unbemerkt über die Ausfahrtsrampe.

»Was jetzt?«, fragte Bruce, als sie etwas später über den Rathausplatz schlenderten.

»Ich muss schleunigst die Telefonnummern überprüfen lassen. Bruce, ich bin dir sehr zu Dank verpflichtet. Ohne dich wäre weiß Gott was passiert. Wenn alles vorbei ist, melde ich mich bei dir im Hotel, aber den Rest muss ich jetzt alleine erledigen.«

»Ist schon okay«, sagte Bruce. »War mir eine Freude, mit dir zusammenzuarbeiten. Jetzt weiß ich endlich, wie ihr deutschen Agenten arbeitet.« Er zwinkerte Schröck zu.

»Und wenn du irgendwann mal in der Nähe von München bist, rufst du mich an, klar?«, sagte Schröck.

»Großes Ehrenwort. Ich will doch deine Freundin kennenlernen.«

»Erinnere mich bloß nicht an das Thema.« Schröck machte ein säuerliches Gesicht.

»Wird schon wieder alles gut«, sagte Bruce und klopfte ihm mit seiner Pranke auf die Schulter. Dann drehte er sich um, stellte den Kragen seiner Wanderjacke auf, lief die Straße hinunter und verschwand hinter der nächsten Ecke.

28

»Woher hast du die Nummern?«, fragte Klaus Heinrich. Seine Stimme klang frostig, und das hatte nichts mit der schlechten Verbindung zu tun.

Schröck erzählte ihm eine gekürzte Version von dem, was geschehen war.

Heinrich hörte ruhig zu. »Soweit ich mich noch erinnern kann, habe ich zu dir bei unserem letzten Telefonat gesagt, dass du in ein Wespennest gestochen hast«, sagte er dann. »Ich hoffe, du bist dir bewusst, dass du jetzt mit bloßen Händen darin herumwühlst, um nach der Königin zu suchen, oder besser gesagt, nach dem König. Mit diesen Leuten ist nicht zu spaßen, Michael. Wenn du willst, ziehe ich dich ab, dann erledigen wir die Sache informell«, sagte Heinrich.

»Du meinst, ihr lasst etwas durchsickern? Dann bekommt der Schuldige, der genug Kohle hat, um sich für den Rest seines Lebens auf irgendeiner Insel die Sonne auf den Bauch scheinen zu lassen, kalte Füße und haut ab, und Ende gut, alles gut. Der Schurke ist weg, die Opfer liegen sowieso schon in ihren Gräbern, die Angehörigen werden sich hüten, den Mund aufzumachen, um zu vermeiden, dass ihre Söhne als Junkies in die Annalen eingehen, und Jahre später, wenn der Kerl senil und krank ist, stellt er sich den deutschen oder österreichischen Behörden, wird für prozessunfähig erklärt und verbringt den Rest seines Lebens selig grinsend in einem weißen Bettchen in irgendeiner Seniorenresidenz. Wirklich tolle Aussichten. Ich weiß deine Besorgnis zu schätzen, Klaus, aber ich habe den Auftrag übernommen, und ich bringe ihn auch zu Ende. Außerdem mag ich es nicht, wenn jemand versucht, mich einzuschüchtern. Und jetzt sag es endlich: Wer ist der Mann?«

»Du bist ein unverbesserlicher Sozialromantiker, Michael, weißt du das? Ganz im Ernst, sei vorsichtig! Diese Leute haben keine Hemmungen. Denen ist es egal, wer du bist. Polizist oder

Bundesagent, das spielt für die keine Rolle. Die lassen sich von niemandem in die Suppe spucken. Aber wenn du trotz allem meinst, dich weiterhin einmischen zu müssen, bitte schön. Die Telefonnummern, die du uns geschickt hast, gehören zu zwei unregistrierten Mobiltelefonen. Es war nicht schwer, herauszufinden, wo sich die Handys befanden, als mit ihnen telefoniert wurde. Die Adresse liegt nur ein paar Kilometer von Kitzbühel entfernt.«

»Sagst du mir jetzt bitte einen Namen?«, fragte Schröck ungeduldig.

»Okay. Der Mann heißt Leopold Tichota und stammt aus Wien. Bis in die neunziger Jahre war er dort als Rechtsanwalt tätig. Seine Kanzlei lief gut, er war ein geschätzter Strafverteidiger. Dann begann er, mit Immobilien zu handeln, gründete dafür eine eigene Firma und machte mit geschickten Transaktionen ein Vermögen. Kurz nach der Jahrtausendwende entdeckte Tichota Kitzbühel. Leider gab es dort aber schon jemanden, der eine der seinen sehr ähnliche Biografie hatte. Nur hatte Tichotas Konkurrent, ebenfalls ein Österreicher aus Wien, schon ein Jahrzehnt vor ihm mit dem Ausverkauf von Kitzbühel und Umgebung begonnen. Aber Tichota gab sich nicht geschlagen. Er kaufte jedes alte Haus und jede Liegenschaft in der Stadt, einfach alles, was sich sein Konkurrent noch nicht einverleibt hatte, renovierte, stockte auf und verkaufte die Grundstücke und Immobilien schließlich zu einem horrenden Preis. Mittlerweile ist Tichota nur mehr selten in Wien anzutreffen. Er ist Eigentümer etlicher Bars und Hotels in Kitzbühel und sieht sich als Hüter der Traditionen, wie er in der Öffentlichkeit immer betont. In Kitzbühel hat er keine richtigen Freunde, aber dafür eine Menge Leute, die sich nicht mit ihm anlegen wollen. Die Klientel, an die er Apartments und Häuser verscherbelt, die in der Region übrigens schon langsam Mangelware werden, kommt zumeist aus Bayern, die meisten Käufer stammen direkt aus München. Doch in den letzten Jahren zieht es auch immer mehr Russen nach Tirol, an denen Tichota ebenfalls verdient.«

»Alles gut und schön, aber mir fehlt noch immer das Motiv. Warum sollte dieser Tichota jemanden ermorden lassen, der Crystal Meth herstellt?«, fragte Schröck.

»Keine Ahnung. Ich kann dir nur sagen, dass Tichota von diesem Handy aus angerufen wurde. Es ist immer dieselbe Nummer, die gewählt wurde. Ich habe nachforschen lassen. Vermutlich ist der Attentäter ein gewisser Franz Kofler, Tichotas Mann fürs Grobe. Er arbeitet schon seit Jahren für ihn. Nachzuweisen war ihm laut Auskunft der österreichischen Kollegen bislang nichts.« Heinrich bat Schröck um eine Beschreibung des Mannes, der Eva Zehmann angegriffen hatte. »Ja, das könnte passen«, sagte er nach einer Weile, »aber wenn du Tichota fragst, in welcher Beziehung er zu Kofler steht, kann er dir jeden Bären aufbinden, und du wirst ihm nicht das Gegenteil beweisen können. Als Kofler wegen Mordes an einem Zuhälterkollegen angeklagt war, der ihm eines seiner Mädchen ausspannen wollte, hat Tichota ihm einige Jahre Gefängnis erspart. Vielleicht aber wird er dir auch erzählen, dass ihm Kofler sein altes Elternhaus zum Verkauf angeboten hat, in dem er zurzeit wohnt, wer weiß das schon? Es haben schon andere versucht, Tichota zu Fall zu bringen. Bis jetzt vergeblich.«

»Ich danke dir für die Infos.«

»Wie wirst du jetzt vorgehen?«, fragte Klaus Heinrich.

»Darüber muss ich erst nachdenken«, lautete Schröcks ehrliche Antwort.

»Ich wünsche dir viel Glück. Und wenn du Hilfe brauchst –«

»Jaja, ich weiß schon.« Schröck bedankte sich und trennte die Verbindung. Kurz darauf signalisierte Schröcks Laptop, dass sein Mail-Programm eine Nachricht empfangen hatte. Klaus Heinrich hatte ihm Dr. Leopold Tichotas Kitzbüheler Adresse und seine Vita geschickt.

29

Kofler fror. Zwei Stunden saß er nun schon im Auto und wartete darauf, dass es dunkel wurde. Der Doktor hatte ihn angewiesen, sich vorher telefonisch anzumelden, egal, was passierte. Das war auch der Grund dafür gewesen, dass er Kofler das Telefon gegeben hatte. Aber jetzt war das Handy weg. War es ihm bei der Flucht aus der Wohnung aus der Tasche gefallen? Er wusste es nicht. Immer noch tat sein rechtes Knie höllisch weh. Der BND-Mann hatte ziemlich hart zugeschlagen, und wenn Kofler den Mund bewegte, hatte er das Gefühl, als würde ihm der Unterkiefer aus dem Gelenk springen.

Als er wieder zu sich gekommen war, war er aus der Wohnung gestürmt, war wie in Trance über den Gartenzaun des gegenüberliegenden Hauses geklettert und hatte sich in einem Geräteschuppen verkrochen. Benommen von den Schlägen, die er hatte einstecken müssen, hatte er gut zwei Stunden zwischen einem Vertikutierer und einem Rasenmäher gesessen und gewartet, bis er sich schließlich zu seinem Auto geschlichen hatte und aus der Stadt geflüchtet war. Nach Hause zu fahren wagte er nicht. Sicher wartete dort schon die Polizei auf ihn. Als er in der Wohnung gewesen war, hatte er zwar Handschuhe getragen, aber das verdammte Mobiltelefon war übersät mit seinen Fingerabdrücken. Der Einzige, der ihm jetzt noch helfen konnte, war der Doktor. Sicher, er würde ihm Vorhaltungen machen und ihn nicht zum ersten Mal spüren lassen, dass er ihn für dumm und unfähig hielt, aber irgendwie hatte er ja auch recht.

Denken ist wirklich nicht meine Stärke, stellte Kofler fest. Jedes Mal, wenn er sich für besonders clever hielt, gab es eine Katastrophe. Wütend schlug er mit der flachen Hand auf das Armaturenbrett.

Der Wagen parkte etwa fünfzig Meter vom Anwesen des Doktors entfernt, am Rande einer Schonung. Von der Hauptstraße her war er nicht zu sehen. Kofler warf einen Blick auf seine Armbanduhr, es war halb sieben und stockfinster. Endlich. Er stieg aus, querte eine Wiese und stand wenige Augenblicke später vor dem Eingang des Hauses.

Er drückte den Klingelknopf. Über seinem Kopf bewegte sich etwas. Er zuckte zusammen, aber es war nur die Überwachungskamera, die einen Schwenk machte und ihr Objektiv direkt auf sein Gesicht richtete.

»Ich bin es, Kofler«, flüsterte er, dann passierte für ein paar lange Sekunden nichts. Erst als Kofler die Hand ausstreckte, um ein zweites Mal zu läuten, sprang die Eingangstür auf.

Im Flur empfing ihn der Sekretär des Doktors. Ein junger Schnösel, der nur Hochdeutsch redete und Kofler immer so abschätzig ansah, als wäre er der letzte Dreck.

»Warten Sie hier«, sagte er knapp und ging in das Arbeitszimmer des Doktors. Nach einer Minute kam er wieder heraus und bedeutete Kofler hineinzugehen.

Der Doktor saß hinter seinem Schreibtisch und lauschte Koflers Bericht, ohne ihn ein einziges Mal zu unterbrechen. Kofler war so aufgeregt, dass er immer wieder den Faden verlor, aber selbst dann wartete der Doktor geduldig, bis er sich wieder gefangen hatte. Die Sache mit dem verlorenen Handy verschwieg er. Er wollte sich die Blamage ersparen und nicht noch freiwillig einen Beweis für seine Unfähigkeit liefern.

Dennoch wurde es Kofler mulmig zumute, als er seinen Bericht beendet hatte. Er erwartete, dass sich eine Flut von Vorwürfen über ihn ergießen würde, und zog vorsichtshalber bereits den Kopf ein.

Doch der Doktor faltete nur die Hände, legte sie auf der Schreibtischplatte ab und blickte ihn milde lächelnd an. »Nun ja«, sagte er, »einen Orden haben Sie sich damit nicht gerade verdient. Aber wenigstens haben Sie sich nicht erwischen lassen. Dennoch können Sie hier nicht bleiben. Wir müssen dafür sorgen, dass Sie verschwinden. Die Leute vom BND kennen jetzt Ihr Gesicht und wissen sicher auch schon, wie Sie heißen und wo Sie wohnen. Ich denke, das Beste wird sein, wenn wir Sie ins Ausland schaffen. Haben Sie Geld?«

Kofler schüttelte den Kopf.

»Nicht?« Der Doktor blickte verständnislos. »Aber ich habe Ihnen doch in letzter Zeit einiges überwiesen.«

Kofler schwieg. Das meiste des Geldes hatte er beim Kartenspiel verloren, und zweimal war er in Innsbruck gewesen, wo ihn in den Laufhäusern niemand kannte.

»Nun gut, ist ja auch egal«, sagte der Doktor. »Ich bin zwar oft streng zu Ihnen gewesen, aber ich bin kein schlechter Mensch.«

Bei diesen Worten bekam Kofler eine Gänsehaut. Sein Vater hatte sinngemäß immer dasselbe gesagt, allerdings erst am Morgen, nachdem er in der Nacht zuvor im Suff erst ihn und dann seine Mutter windelweich geprügelt hatte.

»Bis ich alles geregelt habe, verstecken wir Sie zunächst einmal auf meiner Alm. Dort oben wird Sie kein Mensch suchen. Wenn alles bereit ist, schicke ich Ihnen meinen Sekretär, der Sie außer Landes bringt. Sie müssen sich allerdings ein paar Tage gedulden und dürfen mit keiner Menschenseele Kontakt aufnehmen. Haben wir uns verstanden?«

Kofler nickte und verdrängte das Gefühl, das sich in seinem Magen breitmachte und ihm signalisieren wollte, dass hier etwas ganz und gar nicht passte.

»Gut«, sagte der Doktor und – Kofler traute seinen Augen nicht – kam hinter seinem Schreibtisch hervor, um ihm zum Abschied die Hand zu reichen. »Ich habe jetzt noch etwas mit meinem Sekretär zu besprechen, bitte warten Sie solange draußen.«

Kofler murmelte einen Gruß und verließ das Zimmer, während der Sekretär hineinging.

Dr. Tichota verbarg seine Aufregung nicht mehr. »Es war ein Fehler, diesen Neandertaler mit den Säuberungsarbeiten zu beauftragen«, wetterte er los, als Kofler draußen war. »Sie bringen ihn unverzüglich auf die Alm«, befahl er dem Sekretär. »Und halten Sie ihn während der Fahrt bei Laune, damit er keinen Verdacht schöpft. In der Zwischenzeit setze ich mich mit ein paar Geschäftsfreunden in Wien in Verbindung. Es wird mich zwar eine Stange Geld kosten, aber der BND-Agent wird mir zu gefährlich. Kofler muss zum Schweigen gebracht werden, koste es, was es wolle.«

Kofler hatte die Tür zum Arbeitszimmer zwar zugezogen, aber nicht genug Kraft aufgewendet. Das Schloss war nicht eingerastet. Wenn er die Tür jetzt mit Gewalt zuziehen würde, würde der Doktor es mit Sicherheit bemerken. »Kofler, können Sie nicht einmal die Tür ordentlich zumachen?«, dröhnte es bereits in seinem Kopf. Nein, er würde sich hüten, den Doktor zu verärgern. Also blieb die Tür einen kleinen Spalt weit offen, und Kofler hörte alles mit.

Als sich das kurze Gespräch zwischen dem Doktor und dem Sekretär dem Ende zuneigte, zögerte Kofler nicht. Er riss die Eingangstür auf, lief aus dem Haus, hastete querfeldein zu seinem Auto, sprang hinein und raste davon.

Er hatte ein klares Ziel vor Augen. Was auch immer passieren würde, er würde lieber ins Gefängnis gehen, als sich umbringen zu lassen.

»Bei mir ist ein Herr, der nach Ihnen fragt. Ich soll Ihnen ausrichten, dass Sie ihn kennen, sie hätten sich heute schon einmal in der Wohnung einer Bekannten getroffen«, sagte die Hotelangestellte. Obwohl Schröck die Frau nicht sehen konnte, weil er in seinem Zimmer war und sie an der Rezeption, erkannte er am Klang ihrer Stimme, wie unwohl sie sich dabei fühlte, ihn zu behelligen.

Schröck überlegte kurz. »Schicken Sie ihn bitte herauf«, sagte er dann und legte auf.

Er ging in den kleinen Vorraum seines Zimmers, nahm seinen Koffer vom Schrank, öffnete ihn, zog den Reißverschluss des Kofferfutters auf und holte zwei schwarze Säckchen hervor, ein größeres und ein kleineres. Im größeren befand sich seine Dienstwaffe, im kleineren waren das Magazin und Ersatzmunition. Er setzte das Magazin ein, prüfte den Abzug und wartete, bis es klopfte.

Schröck öffnete, zog Kofler herein, machte die Tür zu und legte die Pistole, die er im Anschlag gehalten hatte, auf die Kleiderablage. Der Mann stand wie ein Häuflein Elend vor ihm. Er sah furchtbar aus. Abgesehen von den Schrammen, die er sich bei ihrem Kampf zugezogen hatte, schien es, als wäre er in den wenigen Stunden, die seither vergangen waren, um Jahre gealtert und geschrumpft. Von ihm ging keine Gefahr mehr aus.

»Kommen Sie«, sagte Schröck. »Setzen Sie sich.«

Kofler schaute ihn verlegen an und ließ sich auf dem Sessel neben dem kleinen Hotelschreibtisch nieder. Breitbeinig saß er da, hatte die Ellenbogen auf die Knie gestützt und hielt sich den Kopf mit beiden Händen, als litte er furchtbare Schmerzen.

»Ich weiß nicht, was ich sagen soll. Sie sind der Letzte, mit dem ich gerechnet hätte.« Schröck setzte sich aufs Bett.

»Er will uns umbringen lassen«, murmelte Kofler.

»Wer?«

»Na, der Doktor. Er will mich und Sie töten lassen«, fuhr er Schröck an.

»Und woher kommt Ihr plötzlicher Sinneswandel? Gerade eben noch haben Sie sich mit mir geprügelt.«

»Ich war bei ihm. Beim Doktor. Er hat gesagt, dass er mich außer Landes bringen will, aber das war gelogen. Er will jemanden aus Wien anheuern, um mich ermorden zu lassen. Und Sie will er auch umbringen. Ich hab mich aus dem Staub gemacht, aber meine Chancen stehen nicht gut. Er hat überall Freunde, bis ganz nach oben.«

Den Spruch hatte Schröck nun schon öfter gehört, er ging ihm ziemlich auf die Nerven. »Und warum kommen Sie mit diesen Infos zu mir? Aus purer Nächstenliebe vermutlich nicht.«

Kofler drehte den Kopf zur Seite. »Sperren Sie mich meinetwegen ein. Ich werde Ihnen alles erzählen, was ich weiß, aber sorgen Sie dafür, dass mir nichts zustößt. Allerdings ist das Gefängnis auch nicht sicher, selbst da hat er seine Leute. Eigentlich könnte ich gleich von der Brücke springen. Aber Sie sind doch beim BND, da hab ich mich gefragt, ob Sie mich nicht in ein Zeugenschutzprogramm aufnehmen können.«

»Sie bieten mir ein Geschäft an?«, fragte Schröck.

Kofler nickte. »Verschaffen Sie mir eine neue Identität. So wie in diesen Filmen. Außerdem sitzen wir im selben Boot. Sie will er doch auch umbringen lassen.«

Bevor ich mit dir im selben Boot sitzen muss, schwimm ich lieber, dachte Schröck. »Dann fangen wir ganz von vorn an«, sagte er stattdessen. »Ich stelle die Fragen, und Sie antworten. Okay?«

Kofler nickte.

»Haben Sie Gustav Schulte in die Luft gesprengt? Und«, fügte Schröck rasch hinzu, »hat Ihnen Dr. Tichota persönlich den Auftrag dafür erteilt?«

»Er hat gesagt, dass es wie ein Unfall aussehen soll. Wegen der Explosion hat er sich schon ziemlich aufgeregt. Ein kleines Feuer hätte es auch getan, hat er gemeint«, sagte Kofler.

»Warum mussten Schulte und Bastian Lehner sterben? Wie passt das alles zusammen?«

»Der Doktor war der Meinung, dass Justin seine Lokale und ganz Kitzbühel in Verruf bringt. Lehner sollte mir eine Liste jener Leute geben, die Justin beliefert hat. Außerdem wollte der Doktor von ihm wissen, von wem sie den Stoff in Zukunft beziehen würden. Ich sollte Bastian Lehner ausschalten, damit kein Crystal Meth mehr nach Kitzbühel gelangt, später wäre auch noch sein Freund Clemens Holzer dran gewesen, aber zu ihm bin ich nicht mehr gekommen.«

»Und wie passt Eva Zehmann ins Bild?«, fragte Schröck. »Sie stellte doch keine Gefahr für den Ruf Kitzbühels dar.«

»Der Doktor hält sich für einen Ehrenmann. Er hat moralische Grundsätze, sagt er.«

Schröck schüttelte amüsiert den Kopf. »Entschuldigen Sie, wenn ich Sie unterbreche, aber welche Art von Moral kann jemand besitzen, der Menschen umbringen lässt?«

»Da fragen Sie mich zu viel«, sagte Kofler. »Aber der Doktor hat gesagt, er könne nicht akzeptieren, dass man jungen Sportlern so etwas antut. Er hat mich angewiesen, die Frau auszuschalten, die ganze Sache war eine Art Nebenschauplatz für ihn. Außerdem ist das ja wirklich ein Wahnsinn, was die mit ihrer Agentur treibt«, sagte Kofler ehrlich entrüstet.

Schröck schüttelte immer noch den Kopf. Diesmal nicht mehr amüsiert. Beim Sport flippen sie doch alle aus, da geht es plötzlich auch dem letzten Typen um Ehre und Anstand, dachte er. »Also war das Motiv eine Mischung aus Cäsarenwahn und Profitgier«, sagte er zu Kofler, der ihn daraufhin irritiert anschaute. »Damit meine ich, dass Ihr Doktor einen auf Moralapostel macht, wenn es um angehende Sportasse geht, aber trotzdem hemmungslos Menschen umbringen lässt, um weiterhin den Leuten viel Geld aus der Tasche zu ziehen, die sich in mondäner, aber dennoch naturbelassener Lage mit gutem Ruf niederlassen wollen.«

Kofler zuckte mit den Schultern, und Schröck gab auf. »Sie müssen hier weg«, sagte er.

»Das hat er auch gesagt«, erwiderte Kofler trocken.

»Aber im Gegensatz zu ihm meine ich es ernst damit, dass Sie in Sicherheit gebracht werden müssen. Sind Sie einverstanden, wenn ich Sie nach Deutschland bringen lasse? Dort werden Sie rund um die Uhr bewacht und machen Ihre Aussage noch einmal vor einem unserer Beamten. Dann sehen wir weiter. Mehr kann ich Ihnen zum gegenwärtigen Zeitpunkt nicht versprechen. Und ich werde versuchen, dem guten Herrn Doktor ein für alle Mal das Handwerk zu legen. Dann haben Sie auch nichts mehr zu befürchten, wenn Sie ins Gefängnis kommen sollten. Sie sehen, ich spiele mit offenen Karten. Aber die Sache ist auch hochkompliziert: Der Junge, den Sie in die Luft gejagt haben, ist der Sohn eines einflussreichen deutschen Politikers. Es wird ganz auf die weiteren Umstände ankommen, ob er möchte, dass Sie nur von der Bildfläche verschwinden oder im Gefängnis landen. In jedem Fall kann ich Ihnen aber garantieren, dass Sie überleben werden, wenn wir Tichota einbuchten.«

Kofler gab mit einem fast unmerklichen Nicken zu verstehen, dass er einverstanden war.

»Gut. Und jetzt rühren Sie sich nicht von der Stelle.«

Schröck nahm sein Handy vom Nachttisch und verschwand im Badezimmer. Ein paar Minuten später hatte er den erstaunten Klaus Heinrich über die neuesten Ereignisse informiert, darum gebeten, ein Transportteam zu schicken, und kehrte wieder ins Zimmer zurück.

»Man hat mir versprochen, dass sich unsere Leute gleich auf den Weg machen. Bis dahin müssen wir gemeinsam hier warten. Soll ich den Fernseher einschalten?«

»Mir egal«, sagte Kofler. Schröck wählte einen Sportsender. Bilder eines Golfturniers unter Palmen flimmerten über den Bildschirm. Kofler gähnte gelangweilt. Nach ein paar Minuten wechselte das Programm zu Fußball. Mit einem Mal war Kofler hellwach und folgte interessiert dem Spielverlauf.

Es war fast halb zwei Uhr früh, als Heinrichs Männer an Schröcks Tür klopften und sich als BND-Agenten auswiesen.

Kofler warf Schröck einen ängstlichen Blick zu, aber der nickte ihm beruhigend zu. »Es ist so weit. Begleiten Sie die Kollegen und machen Sie Ihre Aussage.«

»Das werde ich«, sagte Kofler.

Die beiden Agenten nahmen ihn in ihre Mitte, und Kofler ging widerstandslos mit ihnen mit.

Schröck ließ sich aufs Bett fallen. Er war hundemüde, konnte aber seine Gedanken nicht abstellen. Sie kreisten nur um eine Sache: Wie würde er es schaffen, Tichota aus der Reserve zu locken, um ihn dazu zu bringen, dass er sich verriet?

Am nächsten Morgen, Schröck war in seiner Straßenkleidung eingeschlafen, wurde er um Punkt sieben Uhr wach. Nachdem er das Zähneputzen und Rasieren hinter sich gebracht hatte, ging er unter die Dusche, schäumte sich die Haare ein und hatte endlich die zündende Idee. Schnell duschte er sich die Seife ab, wand sich ein Badehandtuch um die Hüften, ging ins Schlafzimmer und rief Klaus Heinrich an. Er wollte wissen, ob sich Kofler an ihre Absprache gehalten hatte. Heinrich bestätigte das, warf aber ein, dass er immer noch keine großen Hoffnungen hatte, dass sie gegen Tichota genug in der Hand hätten, um ihn persönlich in Verbindung mit den Morden zu bringen. Es wäre schon ein Erfolg, wenn ihn die Behörde zur Einvernahme laden würde, aber selbst dann war fraglich, ob er bei der Polizei überhaupt erscheinen würde. Mit seinen vielen Vorstrafen verfügte Kofler über keinen guten Leumund, und Tichota wusste sicherlich bestens, wie man sich in so einer Situation aus der Affäre zog. Jedenfalls sei mit Kofler Gustav Schultes Mörder dingfest gemacht worden, und der BND hatte wieder einmal bewiesen, dass er mit jedem Problem fertig wurde. Nun lag es in den Händen des Politikers, ob er sich weit aus dem Fenster lehnen oder es dabei bewenden lassen wollte, um seine eigene Karriere nicht zu gefährden.

Doch Schröck war das zu wenig. »Was ist mit Bastian Lehner?«, fragte er.

»Lass den Österreichern doch auch noch ein bisschen zum Ermitteln. Wenn Staatssekretär Schulte entscheidet, dass er keine Wellen schlagen will, geben wir den Kollegen einen Tipp, und Kofler geht zumindest wegen Mord an Gustav Schulte ins Gefängnis. Was weiter geschieht, werden wir dann ja sehen. Ich vermute jedenfalls, dass Kofler versuchen wird, Dr. Tichota zu diskreditieren. Passt doch: Selbst wenn wir ihn nicht kriegen, wird ihn die Sache ordentlich ins Schwitzen bringen.«

»Tut mir leid, aber damit gebe ich mich nicht zufrieden. Du musst mir dabei helfen, ihn festzunageln. Wer weiß, was dieser größenwahnsinnige Kerl sonst noch alles anstellt?« Schröck vernahm ein Stöhnen, das aus dem Hörer drang.

»Also gut, was soll ich tun?«, fragte Heinrich nach einigen Sekunden.

Schröck erklärte ihm seinen Plan.

»Nun denn, wenn es so sein soll«, erwiderte Heinrich schließlich und versprach, sich sofort darum zu kümmern, dass alles in die Wege geleitet wurde.

Nachdem das Gespräch beendet war, wählte Schröck Bruce' Nummer.

»Mann, hast du vielleicht ein Glück, dass du mich noch

im Hotel erwischst«, sagte Bruce. »Für heute ist endlich mal kein Regen vorhergesagt, ich wollte eben zu einem kleinen Vormittagsspaziergang aufbrechen. Mit Klettertouren warte ich wohl noch ein paar Tage. Mein verlängerter Rücken, du verstehst?«

»Schon klar«, sagte Schröck und verkniff sich ein Grinsen. »Ich rufe dich an, weil ich dich noch einmal um Hilfe bitten muss, aber das hat Zeit. Mach erst mal deinen Spaziergang, ich melde mich dann so in einer Stunde wieder. Passt das für dich?«

»In einer Stunde? Ich glaube, das wird ein bisschen eng. Jetzt sag schon, was ich tun soll.«

»Ich will dich aber wirklich von nichts abhalten«, sagte Schröck. »Wo genau wolltest du denn hin?«

»Ich wollte nur ein wenig herumlaufen. Von hier nach Mitterndorf, weiter nach Krebsbach, Scheffau, auf die Sameralm, hinüber zur Guggeralm, zum Blattlhof und über Reitham und Oberhofen wieder zurück.«

»Okay«, sagte Schröck gedehnt, »und in wie vielen Tagen wärst du dann wieder zurück gewesen?«

Bruce lachte. »Ich sagte doch schon, es ist nur ein Spaziergang. Drei Stunden oder so, sind nur wenige Höhenmeter. Kann ich aber auf morgen verschieben. Erzähl halt, worum es geht.«

Also weihte Schröck Bruce in seinen Plan ein und erklärte ihm die Rolle, die er ihm zugedacht hatte.

»Klingt gut, ich bin mit von der Partie«, sagte Bruce, als Schröck fertig war. »Hoffentlich läuft alles so, wie du es dir vorstellst.«

Das hoffte Schröck auch, denn insgeheim war er sich gar nicht so sicher, dass seine Rechnung aufgehen würde.

30

Kurz vor neun stand Bruce vor dem Anwesen der Holzers. Er hatte bereits mehrmals geklingelt, war dann ums Haus herumgegangen, hatte durch das kleine Fenster an der Ostseite der großen Doppelgarage gespäht und Clemens' Porsche Cayenne entdeckt. Der junge Mann schlief vermutlich noch. Dich wecke ich schon noch auf, keine Sorge, dachte Bruce. Er ging wieder zur Vordertür zurück, brach einen kleinen Zweig von der Rotbuche ab, die neben dem Gartenzaun stand, kratzte mit dem Fingernagel die Rinde weg und klemmte das Stückchen Holz zwischen die Abdeckung und den Taster der Türglocke. Augenblicklich begann der Gong im Haus zu tönen und überschlug sich dabei förmlich. Bruce grinste zufrieden, bei dem Lärm war an Schlaf nicht zu denken. Doch als nach knapp fünf Minuten noch immer nichts geschehen war, begann Bruce, sich zu fragen, ob der Mann überhaupt zu Hause war, und wenn ja, ob er noch lebte. Ein normaler Mensch hätte die Geräuschkulisse keine Minute lang ausgehalten, ohne aus der Haut zu fahren.

Er schaute nach oben und sah, dass im ersten Stock ein Fenster offen stand. Bruce schwang sich auf die Gartenmauer, hechtete von dort zum Balkon und balancierte über das Geländer, bis er sich auf Höhe des gekippten Fensters befand. Nur etwa siebzig Zentimeter trennten ihn davon. Bruce bückte sich so weit nach vorn, bis er das Gleichgewicht zu verlieren drohte, stieß sich dann mit den Füßen vom Geländer ab und sprang auf das Fensterbrett im nächsthöheren Stockwerk zu. Er bekam es zu fassen, atmete ein paarmal tief durch und zog sich dann hoch.

Clemens Holzer war zu Hause. Er lag regungslos auf dem Rücken in seinem französischen Bett, die Augen fest geschlossen, auf den Ohren Schalenkopfhörer, um ihn herum mehrere leere Bierflaschen. Er war nicht tot, sondern anscheinend beim Musikhören eingeschlafen.

Bruce überlegte. Natürlich hätte er sich einfach nur auf das Fensterbrett schwingen müssen und das gekippte Fenster mit einem gezielten Tritt seiner Bergschuhe aus der Verankerung befördern können, aber das passte nicht zu der Rolle, die Schröck ihm zugedacht hatte. Also kletterte er wieder auf den Balkon zurück und gelangte über Geländer und Mauer in den Garten, während im Haus noch immer der Türgong dröhnte. Vom Balkon aus hatte Bruce eine Schlauchbox gesehen. Jetzt steckte er den Versorgungsschlauch an den Wasserhahn, der am Haus montiert war, zog ein paar Meter Schlauch aus der Box und drehte den Hahn auf.

Nach ein paar Versuchen hatte er das Schlauchventil auf einen scharfen Strahl eingestellt und wurde mit einem markerschütternden Schrei belohnt. Bruce hatte durch den Fensterspalt in Clemens' Schlafzimmer gezielt und diesen mehr als unsanft geweckt.

Clemens taumelte benommen durch das Zimmer, dann endlich begriff er, dass es mit der Flucht vor dem Wasserstrahl noch nicht getan war. Beinahe fiel er die Treppe hinunter, als er zur Eingangstür hetzte, um dem furchtbaren Geräusch der Glocke Einhalt zu gebieten.

Bruce konnte sich bei Clemens' Anblick das Lachen nicht verkneifen. Der Mann sah aus wie eine getaufte Maus. Sein T-Shirt triefte vor Wasser, und seine Jogginghose war ebenfalls klatschnass.

»Was soll das?«, schrie Clemens hysterisch. »Hast du einen Knall?«

»Halt bloß die Luft an«, sagte Bruce, schubste ihn zur Seite und ging an ihm vorbei ins Haus. »Ich an deiner Stelle würde mich übrigens vom Eingang fernhalten. Bevor sie dir den Kopf wegblasen, möchte ich mich noch mit dir unterhalten.«

Clemens warf einen ängstlichen Blick nach draußen und zog dann schnell die Tür zu. »Wieso? Was soll der Unsinn? Wer sollte mich denn umbringen wollen? Und woher willst du das wissen?«

»Das hat sich dein Freund Bastian vermutlich auch gedacht.

Und du kannst ganz beruhigt sein: Ich weiß eine ganze Menge«, sagte Bruce. »Aber bevor wir uns unterhalten, sage ich dir noch, wer ich wirklich bin, du iceschnupfende Pfeife. Ich bin Bruce Caleb Coleman und arbeite mit dem deutschen Bundesnachrichtendienst zusammen, und du, mein Junge, du bist geliefert.«

Clemens wurde grün im Gesicht, und Bruce befürchtete schon, er würde sich übergeben, doch dem Himmel sei Dank begnügte er sich damit, Bruce mit offenem Mund anzustarren.

»Es gäbe allerdings eine Möglichkeit für dich, deinen Kopf noch einmal aus der Schlinge zu ziehen«, fuhr Bruce fort. »Von uns droht dir keine Gefahr. Mit kleinen Würstchen wie dir geben wir uns nicht ab. Außerdem ist es ohnehin nur eine Frage der Zeit, bis du entweder tot oder ein Meth-Zombie bist. Wir wollen, dass der Mann, der für die Tode von Gustav Schulte und Bastian Lehner verantwortlich ist, hinter Schloss und Riegel kommt. Wenn du klug bist, hilfst du uns dabei. Solltest du das nicht vorhaben, bin ich mir ziemlich sicher, dass du sonst als Nächster dran bist. Hast du das kapiert?«

Clemens Holzer nickte.

»Okay, dann weiter. Ich brauche das Crystal Meth, das du gebunkert hast. Alles«, sagte Bruce.

»Bist du verrückt?«, schnauzte Clemens ihn an. »Warum?«

»Du wirst es am Abend an deine Freude verteilen. Gratis, als Kostprobe sozusagen. Du wirst so viel Ice herumzeigen, dass ihnen die Augen übergehen. Es muss sich in Windeseile herumsprechen, dass Clemens Holzer an so viel Stoff rankommt, wie er will, und somit in die Fußstapfen seines armen toten Freundes Justin getreten ist.«

»Die Sache hat aber einen Haken«, sagte Clemens. »Ich habe nur noch ein paar Gramm. Wenn ich die herumreiche, bläst sie der leiseste Windstoß fort.«

»Ich schätze, dieses Problem können wir beheben. Wo geht's hier zur Küche?«, fragte Bruce.

31

Die Wangen der jungen Angestellten glühten. Die beiden Männer, die kurz vor zwölf im »Alpengasthof« eingetroffen waren, lehnten am Tresen und schauten durch das große Glasfenster gelangweilt einem Hund zu, der um einen halbwüchsigen Jungen auf einem Mountainbike herumsprang und sich scheinbar die Seele aus dem Leib bellte. Zu hören war im Innern des Hauses nichts. Die schalldichte Verglasung schluckte alle Geräusche von draußen.

Die anderen Hotelgäste waren entweder beim Essen oder schon am Morgen zu Wanderungen oder zu einem Stadtrundgang aufgebrochen. Der Wetterbericht sagte Sonne voraus. In den letzten Tagen hatte es zwar nicht geregnet, aber der Hochnebel war zäh zwischen den Bergen hängen geblieben und hatte keine Anstalten gemacht, den fremdenverkehrsfreundlichen Prognosen, die es auch für diese Tage gegeben hatte, nachzukommen.

»Da ist ja Ihre Reservierung, Gott sei Dank. Es tut mir sehr leid, dass Sie warten mussten. Ihre Firma hat die Zimmer erst heute Vormittag bestellt, deshalb taucht die Reservierung noch nicht in der Liste der elektronischen Schlüsselkarten auf, in der ich bei einer Anreise immer zuerst nachschaue.« Sie blickte von ihrem Computerbildschirm auf, fand sich Auge in Auge mit einem der wartenden Männer, dem mit der Halbglatze, und verstummte.

»Sie kommen aber nicht von hier«, stellte er fest. Er sprach mit eindeutigem Wiener Dialekt.

»Stimmt«, sagte sie erfreut. »Ich komme ursprünglich aus Deutschland, aus der Umgebung von Koblenz.«

»Also ist das der Grund dafür, dass Sie so viel reden. Kann ich jetzt endlich unsere Schlüssel haben?«

Wortlos hielt die Angestellte ihm die zwei Keycards hin. Der Mann nahm sie ihr mit zwei Fingern aus der Hand und warf seinem Kollegen einen auffordernden Blick zu, woraufhin sich beide in Bewegung setzten.

Der Mann mit der Halbglatze hieß Anton Fiala. Sein Spitzname war einmal »Schöner Toni« gewesen, aber das war schon mehr als zwanzig Jahre her, und von besagter Schönheit war nicht mehr viel übrig. Seiner skrupellosen Art, Probleme zu lösen, hatte die Zeit jedoch nichts anhaben können. Über die Jahre hatte er sich seinen Platz in der Wiener Unterwelt gesichert, wohl auch deshalb, weil er genau wusste, wo seine Grenzen waren. Fiala war kein großer Stratege, das überließ er anderen. Aber wenn es darum ging, einen Auftrag planmäßig auszuführen, war er immer noch der richtige Mann. Sein Begleiter hieß Oleg. Der Chef hatte angeordnet, dass er Fiala in Kitzbühel unterstützte. Oleg redete nicht viel, und einen Nachnamen besaß er dem Anschein nach auch nicht, was vermutlich daran lag, dass er nicht ganz freiwillig in Österreich war. Angeblich war er Kasache. Er sprach nur gebrochen Deutsch, schien aber nicht dumm zu sein und begriff sofort, was man von ihm wollte. Für Fiala reichten diese Fähigkeiten aus, um sicher zu sein, dass Oleg den Auftrag zu seiner Zufriedenheit ausführen würde. Wenn es irgendwie möglich war, machte er sich nicht mehr persönlich die Finger schmutzig, sondern gefiel sich stattdessen in der Rolle des Organisators.

Nachdem sie ihre Zimmer bezogen hatten, wählte Fiala die Nummer, die ihm sein Chef gegeben hatte. Der Unbekannte am anderen Ende der Leitung gab ihm die erforderlichen Informationen, dann machte sich Fiala zusammen mit Oleg unverzüglich auf den Weg. Sie kehrten in dem Kaffeehaus in der Kitzbüheler Vorderstadt ein, das ihnen ihr Kontakt genannt hatte, und warteten.

Etwa eine halbe Stunde später betrat ein mittelgroßer Mann mit einem auffälligen roten Schal das Lokal, schaute sich kurz um und ging gleich darauf wieder. Fiala und Oleg folgten ihm, während er über den Rathausplatz spazierte und in die Schulgasse einbog. Dann schlossen die beiden zu ihm auf.

»Ich glaube, du hast etwas für uns«, sagte Fiala.

Wortlos drückte ihm der Mann einen Umschlag in die Hand und ging dann zügig weiter, ohne sich noch einmal umzudrehen.

Fiala und Oleg blieben stehen. Fiala öffnete den Umschlag und entnahm ihm Fotos eines etwa fünfzigjährigen gut aussehenden Mannes, zwei Schnappschüsse eines etwas älteren, der einen eher ungepflegten Eindruck machte, und zwei Bilder von einem blassen Burschen, der Mitte zwanzig sein musste. Die Namen der drei Personen waren mit ihrem vermutlichen Aufenthaltsort auf der Rückseite der Fotos mit Kugelschreiber vermerkt. Bei Kofler stand dabei, dass er sich vermutlich bereits aus Kitzbühel abgesetzt hatte. Was ihn betraf, so gab sich Fiala keinen großen Illusionen hin. Ihr Chef hatte gesagt, dass sie die Leute auf den Fotos erledigen sollten, ohne Fragen zu stellen. Es war eine Art Gefallen, den ihr Boss einem anderen schuldete. Fiala wusste nicht, wer der Auftraggeber war, aber es war ihm auch egal. Er hatte nichts gegen solche Jobs. Kein Mensch und schon gar kein Polizist würde sie mit den Morden in Verbindung bringen. Außerdem hatte er ja nicht vor, selbst die Drecksarbeit zu erledigen. Wozu hatte er Oleg, der noch jung war und sich eine goldene Nase verdienen wollte?

Was ohne besonderen Aufwand möglich war, sollten sie machen, so hatte sich ihr Chef ausgedrückt. Wenn in einem der Fälle Komplikationen drohten, sollten sie lieber Abstand davon halten. Das Auffinden von Kofler, dem schmuddeligen Typen auf einem der Bilder, könnte tatsächlich kompliziert werden. Fiala hatte keine Lust, herumzufragen und dadurch die Aufmerksamkeit auf sich zu ziehen. Vorsichtig rein und schnell wieder raus, das war sein Leitspruch. Insbesondere dann, wenn es um Mord ging. Dass das Jungchen von der Bildfläche verschwand, war, wie der Mann am Telefon gesagt hatte, besonders wichtig und würde, wie es aussah, kein Problem darstellen. Die Sache mit dem BND-Mann war da schon ein anderes Kaliber. Nicht etwa, weil Fiala Geheimdienstagenten besonderen Respekt entgegenbrachte, nein, dagegen waren die Türken, Russen, Polen, Albaner und wer sich sonst noch in der

Wiener Unterwelt herumtrieb weitaus gefährlicher. Aber der Mann wohnte in einem gehobenen Hotel mitten in Kitzbühel. Dort gingen viele Menschen ein und aus, und es gab sicherlich Überwachungsanlagen, Kameras, vor denen man sich besonderes in Acht nehmen musste. Fiala beschloss, sich erst einmal über die Lage klar zu werden und dann einen Plan zu machen. Er steckte die Fotos zurück in den Umschlag. »Essen?«, fragte er Oleg und machte eine entsprechende Handbewegung.

Oleg nickte ein paarmal schnell.

»Dann lass uns gehen.«

32

»Mein Gott, sieht das geil aus!«, rief Clemens.

»Gibt es hier ein Folienschweißgerät?«, fragte Bruce und legte die geblümte Küchenschürze ab, die er sich umgebunden hatte.

Clemens zog eine Lade auf und entnahm ihr einen Vakuumierer und eine Rolle Folienbeutel.

»Geschirrtücher, zwei Stück«, gab Bruce Anweisung.

Clemens reichte sie ihm.

»So, mein Junge, du breitest jetzt ein Tuch aus, schüttest unser Crystal Meth drauf, dann legst du ein zweites Tuch drüber und zerkleinerst alles. Klar?«

Umständlich löste Clemens die erstarrte weiße Platte vom Backpapier und legte sie auf das Geschirrtuch. Dann schaute er ratlos in der Küche herum.

»Probleme?«, fragte Bruce.

»Womit soll ich denn …?«

»Sag mal, bekommst du irgendetwas auch mal selbst auf die Reihe? Es ist wirklich ein Wunder, dass du dir schon selbst die Schnürsenkel binden kannst.« Bruce zog das größte Messer heraus, das im Messerblock neben der Spüle stand, und reichte es Clemens. »Einfach mit dem Griff fest draufhauen. Schaffst du das?«

Clemens nickte geknickt, dann drosch er minutenlang auf das Geschirrtuch ein.

»Ich glaube, das reicht jetzt«, machte Bruce der Prozedur schließlich ein Ende.

Clemens hob das obere Geschirrtuch hoch. »Das glaubst du nicht!«, rief er begeistert. »Das sieht ja krass echt aus.«

Bruce befeuchtete einen Finger mit der Zunge, tupfte kurz auf den Haufen weißer Kristalle und leckte den Finger ab. »Passt.« Er grinste zufrieden. »So, jetzt prüfe ich noch einmal, dass auch keine großen Stücke dabei sind, dann machst du Päckchen zu hundert Gramm und schweißt sie zu.«

»Wie war noch mal das Rezept?«, fragte Clemens.

»Das verrate ich dir gerne für den Fall, dass du mal eine Geburtstagsparty machst und deine Freunde aus dem Kindergarten einlädst. Also, zwei Tassen Wasser, eine halbe Tasse Zucker und ein wenig Zitronensaft, damit die Masse schön weiß bleibt. Wichtig ist Backpapier, sonst brauchst du später ein Stemmeisen, um es vom Blech wieder abzulösen, dann ab in die Bratröhre, und fertig ist dein süßes Ice. Und jetzt geh duschen, du riechst ein bisschen streng. Aber nicht rumtrödeln, es ist schon spät.«

Einige Stunden waren vergangen, bis Bruce' Zucker-Meth fertig gewesen war. Währenddessen hatte er Clemens immer wieder ins Gewissen geredet, hatte ihm erzählt, was das Zeug anrichtete und wie es die Leute schließlich um den Verstand brachte. Ob seine Worte Sinn gemacht hatten und bei dem Jungen angekommen waren? Er hatte keine Ahnung.

Jetzt fläzte sich Bruce im Sessel vor dem Fernseher und schaute sich auf einem Sportsender ein Footballspiel an, während er darauf wartete, dass Clemens sauber und gut riechend wieder auftauchte. Dallas Cowboys gegen die Jacksonville Jaguars, fast wäre Bruce dabei eingeschlafen.

Als es Zeit wurde, instruierte er Clemens noch einmal, wie und an wen er das wenige echte Ice verteilen sollte und dass er achtgeben musste, sich nicht allzu auffällig zu verhalten, wenn er die Päckchen herumzeigte, um nicht die Polizei auf den Plan zu rufen. Außerdem bläute er dem jungen Mann noch einmal ein, sich zusammenzureißen. Es ginge schließlich um sein Leben. Zwischendurch wurde Clemens zwar unsicher und schlug vor, einfach abzuhauen, aber Bruce konnte ihn davon überzeugen, dass man ihn wo auch immer früher oder später doch erwischen würde und sein Leben keinen Pfifferling mehr wert war, wenn sie es nicht schafften, Tichota zu Fall zu bringen.

Bruce wies Clemens an, ihn am Parkplatz an der Hahnenkammbahn abzusetzen. Dort würden sie Unterstützung erhalten. Dann sollte Clemens die Runde durch seine Stammlokale machen und dafür sorgen, dass so viele Leute wie möglich davon erfuhren, dass er eine schier unerschöpfliche Meth-Quelle aufgetan hatte und fortan der Messias der lokalen Junkies war.

Langsam ging Schröck über den Parkplatz, wo außer seinem alten Passat nur noch ein paar Luxuskarren standen. Es war ihnen anzusehen, dass sie erst vor Kurzem die Fabrik verlassen hatten. Schröck war unsicher, ob sein Plan funktionieren würde, deshalb hatte er es im Hotelzimmer nicht mehr ausgehalten und war viel zu früh da gewesen. Um kein Aufsehen zu erregen, hatte er sich hinter der Seilbahnstation die Füße vertreten. Jetzt saß er wieder in seinem Wagen und wartete. Wenige Minuten später bog ein silberner Mercedes älteren Baujahres mit tschechischem Nummernschild auf den Parkplatz ein.

Zwei Männer in abgetragenen Lederjacken stiegen aus dem Mercedes und warteten, bis auch Schröck neben seinem Auto stand.

»Wusste gar nicht, dass wir so etwas noch im Bestand haben«, sagte einer der Männer und deutete mit dem Kopf auf den Passat.

»Das ist kein Dienstwagen«, entgegnete Schröck und klang dabei beleidigt, »sondern mein eigener.«

»Okay, macht ja nichts. Wir sind übrigens die Tschechen, und ich soll Ihnen beste Grüße von Klaus Heinrich bestellen.«

Schröck weihte die beiden Agenten in seinen Plan ein, dann stiegen alle in ihre Autos und verließen den Parkplatz. Nur Bruce, der die Szene aus sicherer Entfernung beobachtet hatte, blieb zurück und ging, nachdem er sich vergewissert hatte, dass sich sonst niemand mehr hier aufhielt, zügig in Richtung Innenstadt. Dort würde er auf Clemens warten, der dann seine Promotionstour durch die Lokale machen würde. Bruce sollte währenddessen auf ihn aufpassen.

Tichotas Haus war in helles Scheinwerferlicht getaucht. Die beiden BND-Agenten fuhren mit ihrem Mercedes bis zur Garage, deren elektrisches Tor nahezu unsichtbar in die künstliche Bretterfassade integriert war. Von Weitem fügten sich der Stadel, das Haupthaus in Form eines traditionellen Bauernhofes und die zwei Nebengebäude perfekt in die Tiroler Landschaft ein, aber je näher man kam, desto größer wurden die Gebäude.

Sie läuteten, und Tichotas Sekretär öffnete. Bevor er noch etwas sagen konnte, hielt ihm einer der Agenten den Mund zu, während der andere ihm den Arm auf den Rücken drehte, dann drängten sie ihn in die Diele. Sie wechselten einen fragenden Blick. Es war viel zu einfach gelaufen. Nie im Leben hatten sie damit gerechnet, dass jemand sofort die Tür öffnen würde. Doch natürlich wussten sie nicht, dass Tichotas Sekretär die beiden Männer für jene gehalten hatte, denen er am Vormittag den Umschlag mit den Fotos der drei Personen übergeben hatte, die sie für seinen Chef erledigen sollten.

Fünf Minuten später lag der Sekretär mit gefesselten Händen auf dem exquisiten Spannteppich im Flur. Sein ganzer Körper zuckte, vor seinem Mund hatte sich Schaum angesammelt.

Kurz darauf trat Tichota in die Diele. Er hatte die Türglocke gehört und vergeblich darauf gewartet, dass ihm sein Sekretär wie gewohnt unverzüglich Bericht über den Besuch erstattete. Tichota trug bereits seinen Schlafmantel, um diese Tageszeit empfing er normalerweise keine Besucher mehr. Umso erstaunter war er, als er die beiden fremden Männer und seinen Sekretär auf dem Boden erblickte. Von Letzterem ging mittlerweile ein unangenehmer Geruch aus. Das Mittel, das ihm die Männer gespritzt hatten, ließ auch seinen Schließmuskel verrücktspielen.

»Was ist hier los?«, donnerte Tichota. »Wer sind Sie?« Er wusste um die einschüchternde Wirkung, die er auf Menschen hatte. Naturgemäß hielt er die beiden Männer in ihren verschlissenen Sachen für eher einfache Seelen. Er würde sich mit ihnen arrangieren können. Wenn sie seine Dominanz nicht akzeptierten, würden sie auf jeden Fall bestechlich sein. Jeder

Mensch hatte seinen Preis, und wie er die beiden aufgrund ihres Äußeren einschätzte, so war dieser in ihrem Fall bestimmt nicht besonders hoch. Später würde er dafür sorgen, dass sie für den Affront, ihn in seinem Haus zu belästigen, teuer bezahlen würden. Umso erstaunter war er, als einer der beiden auf ihn zuging, ihm frech ins Gesicht lachte und ihm eine schallende Ohrfeige versetzte. Dr. Tichota ging in die Knie und griff sich an die Brust. Kein Mensch hatte es bisher gewagt, ihn zu schlagen. Seine Lippen bebten vor Wut. »Sie sind beide tot!«, brüllte er. »Tot!«

Der Mann, der ihn geschlagen hatte, baute sich vor ihm auf. »Genauso tot wie Justin alias Gustav Schulte?«

Tichota starrte ihn an. »Wer seid ihr? Wer hat euch geschickt?«

»Sagen wir mal so: Es ist jemand, der es nicht mag, wenn man seine Geschäftspartner umbringt.«

»Schickt euch diese Schlampe, die Kinder mit Drogen vollpumpt? Aber wie ich gehört habe, ist es jetzt vorbei damit. Die Zehmann ist untergetaucht. Wenn sie euch Geld dafür versprochen hat, mich umzubringen, werdet ihr es nicht mehr bekommen. Ihr könnt also genauso gut wieder verschwinden!«

Der nächste Schlag, wieder mit der flachen Hand ausgeführt, traf Tichota am Ohr. Er war nicht besonders hart, eine Backpfeife, nicht mehr. Aber die Schmach, die Dr. Tichota dadurch widerfuhr, war umso gewaltiger. Er fiel nach hinten und blieb wie ein Käfer auf dem Rücken liegen. Als er einen harten Stiefel auf seiner Brust fühlte, starrte er in das unrasierte Gesicht eines Mannes, der ihn immer noch unbeeindruckt betrachtete.

»Warum hast du Bastian Lehner ermorden lassen?«

Kein Mensch hätte Tichota dazu zwingen können, sich dazu zu äußern, doch seine Wut war in den letzten Sekunden so übermächtig geworden, dass er die Ratschläge, die er selbst jahrelang seinen verbrecherischen Schützlingen gegeben hatte, nämlich kein Wort zu sagen, über Bord warf. »Dieses Drogenpack, diese verzogenen und verhätschelten Rotznasen, die vom

Geld ihrer Eltern leben und alles hier in Verruf bringen. Sie müssen weg! Die Menschen, die etwas geleistet haben, wollen in Kitzbühel unter sich sein, die Natur genießen, sich zur Ruhe setzen, entspannen. Diese Gören gehören nicht hierher, die vermasseln mir noch das Geschäft, verstehen Sie?« Tichota wollte den Fuß, der noch immer schwer auf seiner Brust lastete, mit beiden Händen wegdrücken, aber sein Versuch war vergeblich. Stattdessen erhöhte sich der Druck auf seinen Brustkorb, er gab auf und streckte die Arme seitwärts aus.

»Du hast Kofler also den Auftrag gegeben, die beiden jungen Männer umzubringen?«

»Ja.« Tichota nickte. »Wie viel wollen Sie?«, fragte er dann. »Nennen Sie mir Ihren Preis.«

»Wir sind an Ihrem Geld nicht interessiert«, sagte der Mann und nahm seinen Fuß schließlich doch noch von Tichotas Brust. »Unser monatliches Gehalt reicht uns.« Er griff unter seine Jacke, zog ein kleines Mikrofon samt Aufnahmegerät heraus und drückte die Stopp-Taste. »Verbindlichsten Dank, Sie haben uns sehr geholfen.«

»Vor Gericht wird Ihnen das nichts bringen!«, rief Tichota und rappelte sich auf. »Die Aussage wurde unter Zwang gemacht. Ich werde Sie verklagen!«

»Wirklich? Und wen wollen Sie verklagen? Außerdem haben wir nicht vor, die Aufnahmen an die Behörden weiterzuleiten. Wenn Sie sich vor jemandem verantworten müssen, dann vor der Öffentlichkeit. Die Presse ist gnadenlos, wenn sie so etwas in die Finger bekommt. Der da«, er deutete mit dem Finger auf den Sekretär, der seit ein paar Minuten wieder ruhig atmend dalag, »wird sich an nichts erinnern können, wenn er gleich wieder zu Bewusstsein kommt. Nicht einmal daran, dass wir hier gewesen sind. Noch mal vielen Dank für Ihre Kooperation. Und einen kostenlosen Tipp habe ich auch noch für Sie: Wäre ich an Ihrer Stelle, würde ich mich sofort aus dem Staub machen. Morgen könnte es schon zu spät sein. Die Medien können manchmal ziemlich schnell reagieren.« Er winkte Tichota zu, und beide Männer verließen das Haus.

Der Doktor stand wie versteinert im Flur. Erst ein Stöhnen holte ihn zurück aus seiner Paralyse. Sein Sekretär kam langsam wieder zu sich. Tichota gab ihm einen Tritt in die Seite und brüllte ihn an, er solle aufstehen, sie müssten packen.

33

Drei Bars später, um halb vier Uhr morgens, war Clemens erledigt. Die wenigen Gramm echtes Meth hatte er an ein paar Jungs verschenkt, die wie er aus vornehmen Münchner Familien stammten. Unter dem Tisch hatte er ihnen dann die Päckchen mit dem vermeintlichen Stoff gezeigt. Wie erwartet waren ihnen dabei beinahe die Augen aus dem Kopf gefallen. Wie ein Lauffeuer hatte es sich herumgesprochen, dass Clemens Holzer den Schlüssel zum Paradies besaß, weil er über eine niemals versiegende Meth-Quelle verfügte und sich dafür verbürgte, das Gramm keinen Cent teurer als sein Vorgänger zu verkaufen. Sein Stoff sei genauso gut wie der von Justin, was die Glücklichen, denen Clemens eine Kostprobe geschenkt hatte, nur bestätigen konnten.

Als Clemens das Lokal verließ, sah er einen Mann, der sich vom Durchgang neben dem Rathaus her rasch auf ihn zubewegte. Jetzt war es also so weit. Bruce hatte ihn zwar vorgewarnt, aber als es nun wirklich ernst wurde, als Clemens die Gefahr körperlich fühlen konnte, war alles dann doch ganz anders, als er es sich ausgemalt hatte. Sollte er nicht doch besser weglaufen? Was, wenn der große Schwarze nicht oder zu spät auftauchte? Wie ein Eisenbahnzug, der aus einem Tunnel kam, raste die dunkle Gestalt auf ihn zu.

Anton Fiala war Clemens durch die Lokale gefolgt und hatte sich gewundert, wie viel Geld die Leute hier für schales deutsches Bier ausgaben. Doch eigentlich waren ihm die Preise egal. Sein Chef war nicht knauserig, wenn er eine Sache zu seiner Befriedigung erledigte und es um die Erstattung seiner Spesen ging. Jedenfalls bewegte sich der junge Kerl mit einer so auffälligen Sorglosigkeit, dass man ihn fast schon als fahrlässig hätte bezeichnen können. In jedem Lokal, in das er Clemens gefolgt war, hielt Fiala gebührenden Abstand, sodass er nicht Gefahr lief, bei seiner Observierung entdeckt zu werden. Doch selbst von seinen sicheren Standorten aus konnte er sehen, wie der blasse Junge unter dem Tisch Päckchen mit Crystal Meth seinen Freunden zeigte, woraufhin diese sich vor Begeisterung kaum wieder einkriegten. Als Clemens Holzer Anstalten machte, das letzte Lokal zu verlassen, ging Fiala vor ihm durch die Tür und gab Oleg das vereinbarte Zeichen.

Clemens trat nach draußen, wischte sich den Schweiß von der Stirn, schaute sich nervös um, ging ein paar Meter und blieb dann ratlos, wie es Fiala schien, mitten auf der Straße stehen. Plötzlich tauchte Oleg aus dem Rathausdurchgang auf. Wie eine Dampfwalze rollte er auf den jungen Mann zu. Selbst einem unbeteiligten Beobachter wäre klar gewesen, dass hier ein Angriff vor sich ging.

Fiala stellte sich darauf ein, dass der Junge fliehen würde. Er verfluchte Oleg dafür, dass er nicht subtiler vorging, um diese nachtschlafende Zeit verspürte er keine Lust mehr darauf, einem mindestens zwanzig Jahre jüngeren Mann nachzulaufen. Und sollte er auch noch anfangen zu schreien, würde es erst recht hässlich werden. Fiala griff in seine Jackentasche und versicherte sich, dass sein Springmesser noch da war.

Inzwischen trennten seinen Partner nur noch fünf Meter von Clemens, der noch immer dastand, als würde er am Boden festkleben. Gleich würde ihn Oleg erreichen, doch plötzlich bekam der einen Stoß und wurde zur Seite geschleudert. Im schummrigen Licht der Straßenlaternen hatte es ausgesehen, als wäre Oleg von einem Auto erfasst worden, doch Fiala hatte kein Motorengeräusch gehört und keinen Wagen gesehen. Er wollte Oleg zu Hilfe eilen, als er sah, dass sich ein Mann, der größer als zwei Meter sein musste, auf ihn zubewegte und ihn in American-Football-Manier rammte. Fiala stolperte, ging aber nicht zu Boden. »Wenn du dich bewegst, schieße ich dir das Ohr weg«, hörte er plötzlich eine Stimme in seinem Rücken.

Fiala fühlte kaltes Metall an seinem rechten Ohr und blieb ruhig stehen. Als er den Kopf leicht wandte und über seine

Schulter blickte, erkannte er in dem Mann hinter sich eine der Zielpersonen von den Fotos, die ihm sein Auftraggeber gegeben hatte. Es war der BND-Agent, und Fiala nahm ihm ab, dass er nicht lange fackeln würde. Der »Schöne Toni« hing an seinen Ohren.

Bevor sich Oleg aus eigener Kraft aufrappeln konnte, wurde er an seiner Jacke hochgezogen. Eine riesige Faust donnerte gegen seine Schläfe und beförderte ihn auf der Stelle ins Land der Träume.

Bruce schleifte Oleg zurück in den Durchgang zum Rathaus, richtete ihn auf und lehnte ihn mit seinem Oberkörper an die Mauer, sodass es aussah, als würde Oleg wie ein Betrunkener dasitzen, die Beine gespreizt und den Kopf auf der Brust. Keine Minute zu früh war Bruce mit seinem Arrangement fertig. Zwei junge Frauen stöckelten mit zwei älteren Männern die Straße entlang. Bruce beugte sich über Oleg, und als sich die Nachtschwärmer auf ihrer Höhe befanden, sagte er auf Englisch, dass sein Freund wohl zu tief ins Glas geschaut hätte. Die Frauen lachten, und das Quartett ging rasch weiter.

»Hau ab und fahr nach Hause!«, rief Bruce Clemens zu, als die Passanten außer Sicht- und Hörweite waren.

Der junge Mann lief los und hielt nicht an, bis er bei seinem Auto war.

»Lebt er noch?« Schröck deutete mit seinem Kopf auf Oleg, der noch immer regungslos an der Wand lehnte. »Es sah aus, als hätte ihn ein Güterzug gestreift.«

Bruce schnitt eine Grimasse. »Was soll ich sagen? Gelernt ist gelernt. Auf der Highschool war ich Mittelfeldspieler und gar nicht mal schlecht. Er wird sich schon wieder erholen.«

»Lass uns die Fliege machen«, sagte Schröck und presste Fiala den Lauf seiner Pistole in den Rücken. Dann holte er eine Kabelbinderhandfessel aus seiner Jackentasche und legte sie Fiala an.

Währenddessen zog Bruce Oleg an dessen Armen hoch und warf ihn sich über die Schulter.

»Wo steht euer Auto?«, fragte Schröck scharf.

»Auf dem Hahnenkamm-Parkplatz«, antwortete Fiala. Vielleicht würde der BND-Agent ihn und Oleg ja doch abhauen lassen, überlegte er. Denkbar wäre es, mit dem BND hatte er keine Rechnung offen, und vielleicht wusste Schröck ja nicht, dass er auch ihn hatte beseitigen sollen.

Auf dem Parkplatz legte Bruce Oleg auf dem Boden ab. Er war immer noch bewusstlos.

»Und du bist wirklich sicher, dass er noch lebt?«, fragte Schröck.

»Klar, was denkst du denn?«, antwortete Bruce. »Du machst dir ja mehr Sorgen um ihn als um mich. Ich habe mir bei der Attacke beinahe die Schulter ausgerenkt.«

»Soll ich dich vielleicht wieder ins Krankenhaus zurückbringen, wenn wir die Herren hier versorgt haben?« Schröck hielt Fiala die Pistole ans Ohr. »Schlüssel!«

Fiala deutete mit dem Kopf auf seine rechte Jackentasche.

Schröck fuhr mit der freien Hand hinein und förderte erst ein Klappmesser und dann die Autoschlüssel zutage. Als er den Wagen aufgesperrt hatte, warf Bruce Oleg auf die Rückbank, und Schröck wies Fiala an, auf dem Beifahrersitz Platz zu nehmen. Dann beugte er sich zu dessen Beinen hinunter, um sie ebenfalls mit einer Plastikfessel zu fixieren.

Fiala sah seine Chance, vielleicht doch noch zu entkommen. Er wollte nach Schröck treten, aber seine Aktion ging nach hinten los. Bruce hatte aus dem Augenwinkel gesehen, wie Fiala zuckte, und donnerte ihm geistesgegenwärtig die Faust in den Nacken. Fiala sank sofort in sich zusammen.

Schröck packte ihn am Kinn und prüfte, ob er noch atmete. »Er lebt noch. Ich mag es nicht, wenn mir jemand ins Gesicht treten will. Danke!«

»Keine Ursache«, sagte Bruce und grinste. »Wohin jetzt?«

»Rüber zum Bezirkskommando. Ich denke, wir machen der Polizei ein kleines Geschenk. Du fährst vor, ich folge dir in meinem Auto.«

»Okay«, sagte Bruce. »Ich verspreche auch, nicht zu schnell

zu fahren, damit ich dich nicht abhänge. Ich meine, dein Auto ist ja schon –«

»Mein Auto ist noch sehr gut«, fuhr Schröck ihn an. »Ich weiß wirklich nicht, was alle immer mit meiner Karre haben.« Kopfschüttelnd ging er zu dem Wagen.

Auf dem Parkplatz vor der Polizeistation positionierte Bruce sein Auto so, dass die Scheinwerfer geradewegs das Fenster des Wachzimmers bestrahlten. Dann vergewisserte er sich, dass die beiden unfreiwilligen Insassen noch immer bewusstlos waren, stieg schnell aus und lief zu Schröck hinüber, der mit laufendem Motor neben ihm im Wagen saß. Bruce sprang ins Auto, Schröck fuhr los, blieb ein paar Meter weiter im Schatten einer Lagerhalle stehen und wählte den Notruf der Polizei. Er hielt sich nicht lange mit einer Vorstellung auf und informierte den erstaunten Beamten darüber, dass vor seiner Wache ein Auto mit zwei Unterweltfiguren aus Wien parkte, die den Auftrag gehabt hätten, in Kitzbühel einige Morde zu begehen. Schröck vergaß auch nicht, Dr. Tichota zu erwähnen, der ebenfalls in die Sache verwickelt sei. Dann legte er auf. Ob Klaus Heinrich recht hatte und Tichota seinen Kopf aus der Schlinge ziehen konnte, würde sich demnächst herausstellen.

»Kannst du mich jetzt bitte nach St. Johann chauffieren? Ich brauche eine Mütze Schlaf, bevor ich am Vormittag wandern gehe«, sagte Bruce.

»Schon, aber vorher müssen wir noch etwas erledigen«, sagte Schröck und fuhr los.

»Wie du meinst«, sagte Bruce ergeben und ließ sich im Beifahrersitz zurücksinken, dass die Federn quietschten.

Als es läutete, wagte es Clemens nicht, auf den Monitor der Türanlage zu schauen. Es war kurz vor sechs Uhr morgens, er konnte sich nicht vorstellen, wer um diese Zeit noch zu ihm wollte. Es sei denn, es hatte schon wieder jemand vor, ihn umzubringen.

»Jetzt mach schon auf, ich bin's!« Bruce trommelte gegen die Tür.

Clemens drehte den Schlüssel um, und Schröck und Bruce traten ein.

»Okay, was ist denn jetzt schon wieder los?«, fragte Clemens. »Ich meine, ich bin euch echt dankbar, dass ihr meinen Hintern gerettet habt, aber war's das nicht jetzt?«

Schröck ging an ihm vorbei ins Wohnzimmer und setzte sich in einen Lehnsessel, Bruce folgte ihm und nahm ebenfalls Platz.

»Okay, wenn ihr es euch schon gemütlich gemacht habt, kann ich euch vielleicht etwas anbieten oder sonst irgendetwas für euch tun?«, fragte Clemens.

»Setz dich«, sagte Schröck.

Widerwillig kam Clemens der Aufforderung nach.

»Du wirst morgen deine Eltern anrufen und ihnen mitteilen, dass du einen Entzug machen willst«, begann Schröck ohne Umschweife.

Clemens lachte bitter auf. »Das wird die einen feuchten Kehricht interessieren. Die haben sich noch nie um mich gekümmert, warum sollten sie auf einmal damit anfangen?«

»Wenn das so ist, müssen wir dir wohl ein wenig nachhelfen.« Schröck warf Bruce einen vielsagenden Blick zu.

»Weißt du, wie viele junge Leute bei mir zu Hause durch Ice zugrunde gehen? Alles arme Schweine, die keinen Job haben oder wie du Erziehungsleichen sind. Viele von ihnen leben auf der Straße und sterben jung. Entweder werden sie gekillt oder gehen an einer Überdosis drauf. Natürlich nur, wenn sie vorher nicht schon so dement sind, dass sie vergessen haben, wie sie heißen und wo sie geboren sind. Das Leben ist nicht *just for fun*, mein Junge. Es soll sogar Leute geben, die an ihre Zukunft denken und fest vorhaben, älter als fünfzig zu werden. Du hast nur ein Leben, Clemens, und du hast nur eine Chance, also nutze sie gefälligst.«

»Morgen rufst du deine Eltern an«, sagte Schröck. »Ich wette, dass sie sich ziemlich anstrengen werden, dir den besten Therapeuten zu besorgen, den man für Geld kriegen kann.«

»Warum sollten sie das tun? Ich habe doch schon gesagt, dass sie sich einen Dreck um mich scheren«, sagte Clemens.

»Darum kümmere ich mich. Glaub mir, ich kann sehr überzeugend sein. Was denkst du denn, wie das in der Öffentlichkeit ankommen wird, wenn dein Herr Papa, der König der Familienkutschen und Sportflitzer, plötzlich als Rabenvater dasteht, der zugelassen hat, dass sein Sohn sich mit Drogen vollpumpt. Ein Mitglied der besseren Gesellschaft, das so tief in ein Milieu gerutscht ist, in dem sogar sein bester Freund ermordet wurde. Und alles vor den Augen seiner Eltern und in Papis Luxusvilla in Kitzbühel, wo die Dealer ein und aus gegangen sind. Außerdem könnte ja jemand auch vermuten, dass der Apfel nicht weit vom Stamm gefallen ist oder besser umgekehrt. Dass sich der gestresste Automogul mit Koks die Nase blutig schnupft, während sich der Junior Ice reinzieht. Im Umfeld der Schönen und Reichen hat man von solchen Fällen doch schon des Öfteren gehört. Wenn dein Vater von dir als Erstem erfährt, wer ihm da das Messer auf die Brust setzt, wird er sich hüten, mich zu verärgern. Aber du musst mitspielen. Der Meth-Entzug wird sicher kein Honigschlecken. Also, was ist jetzt?«, fragte Schröck.

Clemens nickte und senkte den Blick.

»Dann hauen wir jetzt ab«, sagte Schröck und stand auf. »Ich rufe dich in ein paar Stunden an.«

Sie gingen, und Schröck chauffierte Bruce nach St. Johann.

Hinter den Bergen wurde es bereits hell. Der Morgennebel hing über den satten Wiesen, und als Schröck das Fenster herunterließ, um seine Kippe hinauszuwerfen, konnten sie die erwachenden Vögel singen hören.

»Meinst du, Clemens schafft es?«, fragte Bruce.

»Keine Ahnung, aber ich hoffe es«, antwortete Schröck. »Wir sperren oft kleine Ganoven weg, die bei Weitem nicht so viel verbrochen haben wie manche Eltern an ihren Kindern.«

»Wie wahr«, sagte Bruce, während er fasziniert beobachtete, wie sich die orangerote Sonne über die Berggipfel schob.

Kurz darauf erreichten sie Bruce' Bleibe. Beide Männer stiegen aus.

»Zum Klettern werde ich in den paar Tagen, die ich noch bleibe, wohl nicht mehr kommen. Aber das macht nichts. Es war schön, dich kennengelernt zu haben, Michael. Wenn du mal bei mir in der Nähe bist, musst du unbedingt auf einen Sprung vorbeikommen.«

»Klar«, sagte Schröck und grinste. »Wohnst ja gleich um die Ecke.«

»Meine E-Mail hast du«, sagte Bruce. »Ich wünsche dir alles Gute. Und gib acht auf dich, wenn ich nicht mehr da bin, um dir den Rücken frei zu halten.«

Sie reichten sich die Hände, und Bruce ging über den Parkplatz in Richtung Hintereingang des »Café Rainer«.

»Apropos Rücken frei halten, wie geht es deinem verlängerten?«, rief Schröck ihm noch hinterher, dann stieg er wieder in seinen Passat und fuhr an. Als sich zum letzten Mal ihre Blicke trafen, machte Bruce mit den Fingern das Victory-Zeichen.

Schröck fuhr nach Kitzbühel zurück, stellte den Wagen ab und spazierte in der Morgendämmerung zu seinem Hotel. Er stellte den Kragen seines Parkas auf. Die Luft war kalt, höchstens fünf Grad Celsius. Bis zum Nachmittag würde es zwar deutlich wärmer werden, dennoch wurden die Tage kürzer, und die Natur steuerte zielstrebig auf den Winter zu. Nicht mehr lange, dann würden sich die Straßen Kitzbühels mit Prominenten, Schaulustigen, Stars und Sternchen füllen. Man würde sich vergnügen, viel Geld ausgeben und – wie die Plakate jetzt schon ankündigten – in stimmungsvoller Umgebung Weißwurstpartys feiern. Und das zu einem Eintrittspreis, der höher war als die Hälfte von Libas monatlicher Rente. Schröck schüttelte bei dem Gedanken daran verständnislos den Kopf. Es war eine sonderbare Welt, die da rund um den Sport entstanden war.

Im Hotel war es ruhig, die meisten Gäste schliefen noch. Der Portier grüßte ihn durch die offene Tür hinter dem Tresen und machte Anstalten, an die Rezeption zu kommen, aber Schröck bedeutete ihm, sitzen zu bleiben. Er hatte seinen Schlüssel dabei.

In seinem Zimmer nahm er sich eine kleine Bierflasche aus der Minibar und leerte sie in einem Zug. Es war kurz nach sieben. Er hatte es nicht eilig, zurück nach Schönbergmoos zu fahren, wer wusste, was ihn zu Hause erwartete, andererseits war es zu spät, um sich noch schlafen zu legen. Schröck fuhr seinen Laptop hoch und begann, seinen Bericht für Klaus Heinrich zu tippen. Wie immer wollte er den Papierkram so schnell wie möglich hinter sich bringen.

Zwei Stunden später speicherte er das Dokument ab, verschlüsselte und verschickte es.

Kurz überlegte er, Liba anzurufen, um ihr mitzuteilen, dass er nach Hause kam. Aber wozu? Sie würde nur unnötig in Hektik verfallen, damit etwas auf dem Tisch stand, wenn er eintraf, und vielleicht sogar noch einen Kuchen backen. Er wollte ihr die zusätzliche Arbeit ersparen, wenngleich sie ihm später sicher deshalb Vorwürfe machen würde. Schröck holte seinen Koffer aus dem Flur und begann zu packen.

34

Gegen Mittag – die Fahrt von Kitzbühel war abgesehen von ein paar Baustellen auf der Autobahn ohne größere Verzögerungen verlaufen – bog Schröck auf den Schotterweg ein, der sein Grundstück mit der Dorfstraße verband. Er schaltete einen Gang zurück und ließ den Wagen langsam über den Hof rollen. Am Fuß der alten Buche auf der Wiese vor dem Haus hatte sich bereits ein goldbrauner Blätterteppich ausgebreitet. Als Schröck vor einer Woche aufgebrochen war, waren die Äste noch nicht so kahl gewesen. Bald würde es auch hier kälter werden. Ihn fröstelte bei dem Gedanken und bei dem, was ihn erwarten würde, wenn er Silvia wiedersah. Das hatte man nun davon, wenn man sich auf Frauen einließ. Er hätte es besser wissen sollen. Seine erste Ehe war gescheitert, weil er zu selten zu Hause gewesen war und stattdessen an seiner Karriere als Polizist gearbeitet hatte. Was wohl in seiner aktuellen Beziehung schiefgegangen war? Er hatte keine Ahnung.

Schröck wollte wie gewöhnlich über den kleinen Verbindungsweg zwischen Haus und Obstgarten zur Garage fahren, doch als er um die Ecke bog, stand dort ein großer blauer Wagen, ein Minivan, und vor ihm Silvias kleiner roter Flitzer. Er stellte den Motor ab, öffnete die Tür und schwang die Beine aus dem Wagen, blieb jedoch sitzen und lauschte mit gesenktem Kopf dem Lachen, das aus dem offenen Küchenfenster drang. Es waren ein paar weibliche Stimmen sowie eine männliche. Sein Herz klopfte so heftig, dass er sich am liebsten sofort wieder vom Acker gemacht hätte. Plötzlich erschien Libas Gesicht am Fenster und verschwand gleich wieder, dann war Silvia kurz zu sehen. Schröck hörte, wie sich die Eingangstür öffnete, dann sah er Silvia zu sich herüberlaufen. Schwerfällig erhob er sich, warf die Autotür zu und ging ihr langsam entgegen. Als sie sein ernstes Gesicht bemerkte, verlangsamte sie ihre Schritte und schaute ihn prüfend an.

Schröck hob schwach die Hand. »Hallo.«

»Ist etwas bei deinem Einsatz danebengegangen?«, fragte sie besorgt.

»Nein, alles in bester Ordnung«, sagte Schröck und bemühte sich, gleichmütig zu klingen.

»Aber irgendetwas ist doch mit dir.« Silvia blickte ihm direkt in die Augen. »Ach, ich weiß schon! Du bist sauer, weil ich mich nicht bei dir gemeldet habe. Michael, es tut mir so leid, aber gleich bei der ersten Wanderung ist mein Handy aus der Rucksacktasche gerutscht und mit dem Display auf einem Felsen gelandet. Es ist in tausend Scherben zersplittert. Thomas hat zwar noch versucht, es notdürftig zu reparieren, aber ohne Erfolg. Ach, jetzt schau halt nicht so drein. Du weißt doch, dass ich mir keine Telefonnummern merken kann. Wenn ich dich anrufen will, drücke ich einfach die Kurzwahltaste. Libas Festnetznummer hatte ich von der Auskunft, aber dein Handy ist ja in keinem Verzeichnis registriert.«

»Thomas«, sagte Schröck leise.

»Ja, Thomas, mein Studienkollege. Ich habe dir doch von ihm erzählt und davon, dass er diesmal mit von der Partie gewesen ist.«

»Ich weiß, ist schon okay«, sagte Schröck, aber sein Gesichtsausdruck sprach eine andere Sprache.

»Bist du sauer, weil ich die Meute hierher mitgenommen habe? Ich dachte, du meldest dich bei Liba, bevor du zurückfährst. Jetzt komm schon, mach nicht so ein Gesicht. Wir sind schon seit gestern zurück. Es war so kalt und hat die ganze Zeit geregnet, da hatten wir keine Lust mehr. Liba hat uns die zwei Gästezimmer hergerichtet, weil in meiner Wohnung in München zu wenig Platz gewesen wäre, um alle unterzubringen. Sei bitte nicht sauer. Komm mit, ich möchte dir jetzt Thomas vorstellen, Ella und Maria kennst du ja schon.« Sie nahm seine Hand, und Schröck folgte ihr widerstandslos.

In der Wohnküche wurde er mit lautem Hallo begrüßt. Alle hielten Sektgläser in der Hand, sogar Liba. Ihr Kopf hatte die Farbe einer überreifen Tomate, woraus Schröck schloss, dass sie bereits mehr als zehn Zentiliter Prosecco getrunken hatte. Wenn Liba diese Dosis noch steigerte, würde bald schon ihre Zunge nicht mehr funktionieren, sie würde sich irgendwo hinsetzen und binnen Minuten einschlafen. Schröck hatte seine Haushälterin erst zweimal so erlebt. Einmal bei der letzten Geburtstagsfeier und ein anderes Mal zu Silvester, als sie den Jahreswechsel auf der Couch verschlafen hatte.

Silvia drückte Schröck ein Glas in die Hand und schenkte ihm ein. »Thomas, komm mal her! Ich möchte dir Michael vorstellen.«

Ein etwa fünfundvierzigjähriger Mann kam zu ihnen herüber – volles braunes Haar, schlank, etwa eins neunzig groß, sympathisches Gesicht, gewinnendes Lächeln – und stieß sein Glas gegen das von Schröck. »Hallo, ich bin Thomas Reifenstein, Silvias früherer Studienkollege.« Er legte Silvia den Arm um die Schulter und drückte sie kumpelhaft an sich.

Hätte Schröck jetzt seine Dienstwaffe bei sich gehabt, er hätte den Kerl auf der Stelle erschossen – zumindest in Gedanken. Stattdessen begrüßte er den Gast frostig.

Silvia schaute ihn vorwurfsvoll an und zog die Augenbrauen hoch, als wollte sie sagen: Was ist denn los mit dir? Er hat dir doch gar nichts getan.

Von den anderen unbemerkt schüttelte Schröck den Kopf und zuckte mit den Schultern.

Nur der Grund von Schröcks Verstimmung hatte die nonverbale Konversation der beiden mitbekommen und machte ein verlegenes Gesicht. »Tut mir leid, dass wir Sie überfallen haben, aber Silvia hat gleich am ersten Tag ihr Telefon geschrottet – das hat sie Ihnen sicher schon erzählt. Wir bleiben auch nicht mehr lange. Eigentlich war ja geplant, dass wir sofort nach unserem Wanderausflug nach Frankfurt zurückfahren. Ellas Wohnung in München haben wir vor einem Monat gekündigt, und die Möbel sind auch schon umgezogen. Deshalb hat Silvia gemeint, wir könnten noch eine Nacht bei Ihnen bleiben.«

Schröck machte ein Gesicht, als hätte er in eine Zitrone gebissen. Ihm dämmerte, dass es jetzt so richtig peinlich für ihn werden würde.

»Viel Zeit bleibt ja nicht mehr, nur mehr vierzehn Tage. Die Wohnung soll unbedingt noch vor unserer Hochzeit fertig werden. Sie kommen doch mit Silvia, nicht wahr?« Thomas warf Silvia einen unsicheren Blick zu.

»Sie und Ella?«, fragte Schröck erstaunt. »Aber davon hast du mir kein Wort gesagt.« Er wandte sich an Silvia.

»Doch, das habe ich. Aber wenn ich dir so etwas erzähle, hörst du ja immer nur mit halbem Ohr zu.« Sie machte einen Schmollmund. »Wir haben doch darüber gesprochen, dass ich traurig bin, weil Ella gekündigt hat und nach Frankfurt geht, weil sie demnächst heiratet.«

»Das schon, aber –«

»Kein Aber. Ich bin nur froh, dass ich sie bei Thomas in guten Händen weiß. Die beiden waren schon auf der Uni ein Herz und eine Seele, aber nach dem Abschluss haben sich ihre Wege getrennt. Erst vor einem Jahr haben sie sich wiedergetroffen, und dann hat es gefunkt. Wozu Medizinkongresse doch gut sein können, nicht wahr?« Silvia lachte, und auch Schröck lächelte.

»Na, dann gratuliere ich ganz herzlich«, sagte er. »Einen Toast auf das Paar!« Er hob sein Glas und fühlte sich mit einem Mal total entspannt.

Silvia schaute Schröck erstaunt an. Würde sie je klug aus ihm werden? Dann zuckte sie mit den Schultern und prostete allen zu.

Sie saßen fast bis Mitternacht in der Küche und hatten schon einiges getrunken, als Schröck in Ausübung seines Amtes und zum Wohle der Schönbergmooser Bevölkerung verfügte, dass seine Gäste eine weitere Nacht bleiben mussten und erst nach einem opulenten Frühstück, das Liba für sie zubereiten würde, die Heimfahrt antreten durften.

Als die Anwesenden sich ohne besonderen Widerstand der polizeilichen Gewalt beugten, ging Schröck zum wiederholten Mal an diesem Abend in den Weinkeller, um noch eine gute Flasche Roten zu holen. Als er zurückkam, hatte sich seine Vorahnung endlich bestätigt, allerdings viel, viel später als vermutet. Seine Haushälterin lag auf der Couch, den Kopf im Nacken, und schlief.

»So, Michael, jetzt erzähl endlich mal, was du den ganzen Tag so machst? Wenn ich Silvia danach frage, tut sie immer geheimnisvoll und sagt nur, dass du bei der Münchner Polizei bist«, sagte Thomas, dem Schröck mittlerweile das Du angeboten hatte.

Schröck kratzte sich am Kopf. »Da gibt es nichts Geheimnisvolles. Ich bin wirklich bei der Münchner Polizei, aber derzeit im Krankenstand wegen eines Burn-out-Syndroms.«

Thomas schaute ihn mitfühlend an. »Das tut mir leid. Ich bin zwar Biologe, kenne aber ein paar Leute, Fachärzte, die sich darauf spezialisiert haben. Wenn du willst, kann ich mit denen reden oder dir einen Termin organisieren, vielleicht bringt das ja was.«

»Danke, aber ich glaube, mir ist nicht mehr zu helfen.« Schröck lachte und hob sein Glas. »Prost! Auf den schönen Abend!«

Als schließlich alle Flaschen leer waren, sammelte Silvia die Gläser ein. Schröck half ihr dabei und folgte ihr in die Küche.

»Du bist doch verrückt«, raunte sie Schröck zu.

»Wieso?«

»Weil du gedacht hast, dass Thomas und ich … Also wirklich!«

»Ich habe nie ge–«

»Sei bloß still und warte, bis alle im Bett sind. Dann wirst du was erleben.« Sie lächelte, strich Schröck über die Wange und drückte ihm einen Kuss auf die Lippen.

Schröck schüttelte den Kopf. Was war er doch für ein Idiot.
»Nur gut, dass du es wenigstens einsiehst«, sagte Silvia.
»Ich hab doch gar nichts gesagt«, sagte Schröck und dachte, dass ihn diese Frau schon viel zu gut kannte.

35

»Kommst du aus dem Urlaub?«, fragte die schmächtige Frau im grauen Arbeitskittel hinter ihr.

Lena drehte sich um und grüßte. Sie kannte sie vom Sehen. Sie lebte allein mit ihrem Kind in der Wohnung eines umgebauten Bauernhofes, nur ein paar Kilometer von Lenas Elternhaus entfernt. Die Antwort auf ihre Frage blieb sie ihr schuldig.

»Du bist ja weiß wie die Wand. Magst du ein Glas Wasser? Das wird der Kreislauf sein. Du musst etwas trinken«, sagte die Frau.

Lena wusste, dass es nicht der Kreislauf war, ein bisschen vielleicht, ja, aber in Wirklichkeit war es der Entzug. Ihr Gehirn verlangte nach der Droge. Sie fühlte sich niedergeschlagen, antriebslos und war sich sicher, dass sie in ihrem Leben nie wieder Freude empfinden würde.

Jetzt waren sie wieder da, diese Unschlüssigkeit und der Zweifel, ob sie auch alles richtig gemacht hatte, dazu die Angst vor dem, was kommen würde. In Innsbruck hatte Lena vor dem Fahrkartenschalter gestanden und die Menschen beobachtet, die so sicher wirkten, die zu wissen schienen, wohin sie fahren wollten und warum. Dann hatte sie der Mut verlassen. Nicht das Weglaufen an sich hatte ihr Angst gemacht, sondern die Unsicherheit, was sie in einer fremden Stadt erwarten würde. Sie wollte überhaupt nicht weg, nirgendwohin, wo sie keine Freunde hatte. Sie war aus der Reihe der Wartenden ausgeschert, hatte den Akku in ihr Handy zurückgelegt und Julia angerufen.

Ihre Freundin hatte sie beschworen, zurückzukommen. Ihr Bruder, der beim Finanzamt in Kitzbühel arbeitete, das im selben Gebäudekomplex wie das Bezirkskommando untergebracht war, hatte ihr erzählt, man fahnde nach einer Frau, weil sie im Verdacht stand, jungen Sportlern Drogen verabreicht zu haben, um ihre Leistungen zu steigern. Justin sei ihr Lieferant gewesen. Julias Bruder hätte sich furchtbar aufgeregt, weil er als Schüler selbst Skirennen gefahren war und so einen Bezug zum Sport hatte.

»Die wissen schon Bescheid. Dir droht keine Gefahr mehr. Deinen Eltern musst du doch nicht sagen, dass du Meth genommen hast, und irgendwie schaffst du den Entzug schon. Ich bin für dich da. Bitte, Lena, komm zurück«, hatte Julia sie am Telefon zu überreden versucht.

Nach dem Gespräch hatte sich Lena wieder in die Wartehalle gesetzt. Fast zwei Stunden hatte sie nachgedacht, dann hatte sie zum Telefon gegriffen und zu Hause angerufen. Ihre Mutter hatte abgenommen, und Lena hatte ihr alles erzählt.

»Komm heim«, hatte ihre Mutter nur gesagt, und Lena hatte sich die Rückfahrkarte gekauft.

Jetzt war sie wieder zu Hause in Kitzbühel. Sie ging vor den Bahnhof. Alles war wie immer. Ein paar Autos standen auf dem Parkplatz, links davon parkten die Taxibusse. Ein Fahrer lehnte an seinem Wagen, rauchte und wartete auf Kundschaft. Kinder liefen noch verschlafen mit ihren Schultaschen auf dem Rücken über den schmalen Gehweg zwischen den Gleisen und dem kleinen Bach Richtung Innenstadt. Am Straßenrand stand ein Kleinlaster, der orange-schwarze Begrenzungspfähle geladen hatte. Zwei Männer befestigten die Zwei-Meter-Stangen an den Leitpflöcken, die Vorbereitungen für den Winter liefen auf Hochtouren.

Lena hörte den Motor eines Wagens und wusste, noch bevor er zum Parkplatz einbog, dass es der alte Fiat ihrer Mutter war. Auf dem Beifahrersitz saß ihre Großmutter.

Lenas Mutter sprang heraus und lief auf sie zu. »Du machst uns vielleicht Sorgen«, sagte sie und umarmte Lena. »Gut, dass du wieder da bist. Mach dir keine Gedanken. Jetzt fahren wir erst einmal nach Hause, und dann wird alles wieder gut.«

Lena nickte, nahm ihr Gepäck, verstaute es im Kofferraum und setzte sich auf die Rückbank des Wagens. Dann fuhren sie nach Hause.

36

»Herr Dr. Tichota, da ist ein Herr für Sie.« Die Sekretärin vor seinem Schreibtisch sah aus wie ein verängstigtes Kind, dem man gedroht hatte, sein Lieblingsspielzeug wegzunehmen.

»Ich empfange niemanden«, herrschte er sie an und fuhr ohne aufzuschauen weiter damit fort, Schnellhefter in einer dunkelbraunen Pilotentasche zu verstauen.

»Er hat aber gesagt, es sei dringend.«

Tichota hielt inne und warf ihr einen verächtlichen Blick zu. »Werfen Sie ihn raus!«

Plötzlich öffnete sich die Tür, und ein kleiner korpulenter Mann betrat das Büro. Er lächelte die Sekretärin verständnisvoll an und bedeutete ihr mit der Hand, sich zu entfernen. Die Frau kam der Aufforderung nur allzu gerne nach und verließ das Büro.

Tichota sah den ungebetenen Besuch über seine Halbbrille hinweg böse an. »Was wollen Sie hier? Meine Sekretärin hat Ihnen doch sicher gesagt, dass ich keine Besucher empfange.«

»Nun, mit mir werden Sie wohl oder übel reden müssen«, sagte der Mann. »Ich sehe, Sie sind am Packen, also fasse ich mich kurz. Ich soll Ihnen die besten Grüße von Ihrem Mitbewerber im hiesigen Immobiliengeschäft bestellen. Er hat mich damit beauftragt, Ihnen auszurichten, dass Sie sich in Kitzbühel nicht mehr blicken lassen sollen.«

Tichota schaute den Mann an, als traue er seinen Ohren nicht, dann verengten sich seine Augen zu schmalen Schlitzen. Er stützte beide Hände auf den Schreibtisch und lehnte sich vor. »Richten Sie Ihrem Auftraggeber aus, dass er sich auf etwas gefasst machen kann. Was bildet der sich überhaupt ein, wer er ist? Ich werde ihn …« Tichota schlug mit der Faust auf die Schreibtischplatte, dass die Schatulle mit den Schreibutensilien in die Luft hüpfte.

»Die von mir eben vorgeschlagene Variante, sich aus Kitzbühel zu entfernen und Ihre Geschäftsbeziehungen an meinen

Auftraggeber abzutreten, wäre die einfachste Variante«, fuhr der Besucher unbeirrt fort.

Tichota, dessen Kopf vor Zorn rot angelaufen war, wollte etwas sagen, aber der kleine Mann, der entspannt auf dem Besucherstuhl saß, brachte ihn mit einer unmissverständlichen Handbewegung zum Schweigen.

»Es gäbe auch noch eine zweite Möglichkeit und vielleicht sogar auch noch eine dritte, aber an die will ich gar nicht denken. Variante zwei wäre, dass mein Klient zwei eidesstattliche Erklärungen übermittelt, eine an die Staatsanwaltschaft Wien und eine an das zuständige Finanzamt. Damit würden Sie ziemlich in der Tinte sitzen, Herr Dr. Tichota. Nach einer Anklage wegen Anstiftung zum Mord in zwei Fällen könnten Sie einpacken. Und wie wir beide wissen, ist Steuerhinterziehung in unserem Land zwar kein Kapitalverbrechen, aber Ihr Ruf wäre dahin. Die Strafen sind empfindlich hoch geworden. Mein Mandant hat überdies hieb- und stichfeste Beweise über Zahlungen von Ihnen, die an einflussreiche Personen in Kitzbühel ergangen sind. Also befolgen Sie besser meinen Rat. Verschwinden Sie von hier und lassen Sie sich in Kitzbühel nie mehr blicken. Falls Sie sich meinem Vorschlag jedoch nicht anschließen wollen, kann ich für nichts garantieren. Sie haben dem Ruf des Ortes ziemlich geschadet. Das gefällt keinem der Ansässigen. Es geht ums Geschäft, und gerade in diesem Punkt sind die Leute hier äußerst empfindlich. Wenn Sie sie weiterhin nervös machen, könnte es sein, dass jemand auf die Idee kommt, die Angelegenheit auf kurzem Weg zu erledigen.«

Tichota schüttelte ungläubig den Kopf. »Sie sind verrückt. Sie kommen in mein Büro, versuchen, mich zu erpressen und unter Druck zu setzen, und bedrohen mich sogar. Sie bluffen doch nur. Es gibt keinerlei Beweise für Ihre Anschuldigungen. Ich werde unverzüglich die Polizei verständigen«, zischte er.

»Das würde ich an Ihrer Stelle nicht tun. Wenn Sie wollen, kann ich gern konkreter werden. Der Mann, er heißt Kofler, wenn ich mich richtig entsinne, der in Ihrem Auftrag sowohl den Sohn des deutschen Staatssekretärs Schulte als auch Bastian

Lehner, Sohn eines angesehenen Münchner Unternehmers, umgebracht hat, hat uns versichert, dass er auch vor Gericht gegen Sie aussagen würde. Er befindet sich im Moment im Gewahrsam der deutschen Behörden, die gut auf ihn aufpassen, damit ihm nichts zustößt. Mir scheint, Sie haben den Mann etwas verärgert, denn er ist nicht besonders gut auf Sie zu sprechen. Außerdem arbeitet Ihr Sekretär seit gestern für meinen Mandanten. Jeder Mensch hat seinen Preis, wie Sie sicher wissen, auch er. Er befindet sich bereits wieder in Kitzbühel und hat uns ganz außergewöhnliche Dinge über Ihre Geschäftspraktiken erzählt. Haben Sie sich nicht darüber gewundert, dass er heute nicht zur Arbeit erschienen ist? Aber stimmt ja, Sie haben es nicht so mit der Wertschätzung Ihrer Mitarbeiter.« Der kleine Mann grinste süffisant.

Tichota musste sich setzen, bevor ihm die Beine den Dienst versagten.

»Die Sache wäre für uns vom Tisch, wenn Sie sich aus Österreich absetzten. Mein Klient will Sie hier nicht mehr sehen, Herr Dr. Tichota. Sie sind schon über sechzig, machen Sie Langzeitferien auf den Malediven, gehen Sie schnorcheln, aber tauchen Sie auf jeden Fall unter. Am besten noch heute. Also, wie ist Ihre Entscheidung, was darf ich meinem Boss ausrichten?«

Tichota wollte etwas sagen, brachte aber keinen Ton heraus. Er räusperte sich, dann machte er eine mutlose Geste mit der Hand und nickte.

»Ich freue mich, dass wir uns verstanden haben. Ihre Entscheidung ist goldrichtig. Ich werde meinen Auftraggeber sofort davon in Kenntnis setzen.« Der kleine Mann stand auf, nickte Tichota höflich zu und verließ das Büro.

Der Doktor wartete ein paar Augenblicke, dann sprang er auf und schlug auf die Schreibtischplatte ein, bis seine Knöchel bluteten.

»Was ist das?« Silvia rieb sich verschlafen die Augen und knuffte Schröck in die Seite.

»Das ist mein Handy«, sagte er und zog sich die Bettdecke über den Kopf.

»Geh schon ran, sonst hört der Lärm nie mehr auf.«

Schröck ließ ein unwilliges Brummen hören, kletterte halb blind aus dem Bett und stolperte ins Arbeitszimmer.

Fünf Minuten später war er wieder da und kuschelte sich an Silvia, die zusammenzuckte, als er seine eiskalten Füße an ihren bettwarmen rieb.

»War es wichtig?«, fragte sie leise. Sie war schon fast wieder eingeschlafen.

»Es war nur Klaus Heinrich. Er hat wieder einen neuen Auftrag für mich.«

»Wann?« Sie gähnte.

»Erst nächste Woche. Wir haben also noch ein paar Tage.«

»Na, klasse«, sagte Silvia. »Ich bin ja gespannt, wann wir endlich einmal in den Urlaub fahren. Oder ob überhaupt.«

»Aber wo willst du denn im Herbst hin, Schatz? Schau doch nur mal aus dem Fenster. Bei dem ekelhaften Wetter macht es doch keinen Spaß, draußen zu sein.« Schröck fasste sie sanft am Arm, aber sie entzog ihn ihm.

»Hast du vielleicht schon einmal etwas von der Karibik oder den Malediven gehört? Da scheint immer die Sonne. Und jetzt lass mich, ich will weiterschlafen.«

Schröck drehte sich auf den Rücken und starrte die Schlafzimmerdecke an. Er würde mit Klaus Heinrich reden müssen, bevor Silvia noch saurer wurde. Bisher hatte er sich noch nicht darum gekümmert, wie es beim BND mit Urlaub aussah. Gab es den für Agenten überhaupt?

Edwin Haberfellner
GRAZER VERSCHWÖRUNG
Broschur, 256 Seiten
ISBN 978-3-95451-075-7

»Ein solider Kriminalroman mit stimmig gezeichneten Charakteren und gutem sprachlichem Stil.« ekz